Wolfdietrich Schnurre

Dreimal zur Welt gekommen

Paranus Verlag

Wolfdietrich Schnurre

Dreimal zur Welt gekommen

Ausgewählte Erzählungen

Herausgegeben von Marina Schnurre und Fritz Bremer

Mit einem Geleitwort von Günter Kunert

Paranus verlag

Der PARANUS-Verlag ist integrierter Bestandteil der gemeinnützigen »Brücke Neumünster gGmbH«.
An Redaktion, Herstellung, Werbung und Vertrieb unserer Bücher und Zeitschriften sind alle Betriebsangehörigen – Lektoren, Teilnehmerinnen und Teilnehmer der Einrichtung, Setzerinnen, Drucker und Betreuende – gemeinschaftlich beteiligt.

Wir danken herzlich allen Menschen und Institutionen, die im Förderkreis PARANUS-Verlag unsere Arbeit unterstützen. Das vorliegende Buch wurde besonders gefördert von der Sparkassenstiftung Schleswig-Holstein.

Bibliografische Information Der Deutschen Bibliothek
Die Deutsche Bibliothek verzeichnet diese Publikation in der Deutschen Nationalbibliografie; detaillierte bibliografische Daten sind im Internet über http://dnb.ddb.de abrufbar.

Paranus Verlag
Postfach 1264, 24502 Neumünster
Telefon (0 43 21) 20 04-500, Telefax (0 43 21) 20 04-411
verlag@paranus.de, www.paranus.de

Koordination: Hartwig Hansen, Hamburg
Texterfassung: Merle Gerken, Marco Haß
Umschlaggestaltung: druckwerk der Brücke Neumünster gGmbH
unter Verwendung eines Bildmotivs von Marina Schnurre
Druck und Bindung: druckwerk der Brücke Neumünster gGmbH

ISBN 978-3-940636-01-0

Inhalt

Über Schnurre

Ab einem gewissen Alter stellt man sich eine unbeantwortete Frage: Wo ist bloß die vergangene Zeit geblieben? Als sei sie eine Art Element, das durch einen Abfluss oder ein Loch in der Wand verschwinden könnte. Zeit ist nicht allein ungreifbar, sie ist auch unbegreifbar. Eben noch gehe ich mit Schnurre den Kurfürstendamm hinunter, es ist Abend, wir kommen aus Halensee, in einen heftigen Dialog vertieft. Aber das Jahr! Es trägt die Zahl 1947 und liegt über ein halbes Jahrhundert zurück – einfach unvorstellbar!

Wie bin ich mit dem damals schon recht bekannten Schriftsteller zusammengetroffen? Ich, der absolute, achtzehnjährige Anfänger, er der wortgewandte, des Satirischen mächtige Autor? Ort unserer Begegnung war das »British Centre«, das zu einer Podiumsdiskussion über »Fragen der Zeit« (was immer das gewesen war) eingeladen hatte. In jenen Nachkriegstagen glaubte man noch an die Wichtigkeit solcher öffentlichen Debatten, es waren ja erst zwei Jahre nach dem langen und verordneten Schweigen vergangen. Schnurre, wohl gelangweilt von den blässlichen und konformistischen Aussagen, erhob sich und rief, er wolle mal etwas anderes sagen, er wolle die Rolle des Advocatus Diaboli übernehmen, um Leben in die Sache zu bringen. Und er hub an, gegen die bisherige Übereinstimmung der Anwesenden anzugehen. Ja, er sprach von deutschen Soldaten, er fällte keine Urteile, er »gab zu bedenken« – mit einem Wort, er setzte sich in die Brennnesseln. Das, muss ich gestehen, regte mich auf. Mir wurde nicht klar, dass Schnurre eine Gegenposition nicht aus Überzeugung, sondern um der Belebung des Abends willen vertrat. Darum drängelte ich mich nach dem Schluss der demokratischen Vorstellung durch die reichlich Anwesenden zu ihm, um ihm höchst energisch die Meinung, sprich: meine Meinung zu sagen. Sogleich lud er mich ein, mit ihm zum Bahnhof Zoo zu wandern; ich musste ja mit der S-Bahn nach Ostberlin zurück. Wer Berlin kennt, weiß, dass dieser Weg nicht gerade kurz ist. Der Kudamm lag in ziemlicher Dunkelheit, kein Mensch weit und breit, nur wir beide Müßiggänger, gestikulierend und angeregt hadernd. Meine Weltsicht war enger, seine weitaus gelassener. Worüber wir redeten, ist vergessen; wir kamen vom Hundertsten ins Tausendste, natürlich ging es um den Krieg, um die Kriegsschuld, um die Verbrechen, um die Leute, vor allem um die sogenannten »kleinen Leute«, denen Schnurres Sympathie galt, im Gegensatz zu mir, der mit diesen Menschen wenig gute Erfahrungen gemacht hatte, sodass sie mir, in meiner jugendlichen Rigidität, eher als »Subjekte« erschienen. Immerhin: wir trennten uns in Frieden.

Unabsehbar, wie die Entwicklung weitergehen würde: mit uns und mit der Stadt. Wir waren ja in eine Trümmerwüste hineingeraten, auch in eine geistige. Wo waren die berühmten Schriftsteller der Vorhitlerzeit? Ihre Bücher waren verbrannt worden oder zumindest verfemt. Überall ertönte der Ruf: Wo bleiben die jungen Autoren? Schnurre war einer der Ersten, falls nicht überhaupt der Erste, der mit seinen Prosatexten sich energisch zu Wort gemeldet hatte. Und Berlin war ein guter Resonanzboden für ihn; hier hörte man seine von Anfang an unverwechselbare Stimme. Wenige Schriftsteller erweisen sich derart mit ihrem Heimatort identisch wie dieser hochgewachsene, überschlanke Mann mit dem Schnurrbärtchen, dessen Redeweise weder hektisch noch diktatorisch gewesen ist, trotz der Hektik jener Jahre. Er hat nie Schule gemacht und ist ein Solitär unter den nachrückenden Erzählern geblieben.

Weitere Begegnungen erwiesen sich eher als einseitig: ich hörte und las von ihm. Und es war ein kleiner Bericht, ein für ihn vielleicht unwichtiges Stück Prosa, das ihn mir unerwartet naherückte. In der einstmals berühmten satirischen

Zeitschrift »Ulenspiegel« stand eine Begebenheit, ja, ich scheue mich nicht, es eine »Schnurre« zu nennen, die in mir etwas Kameradschaftliches weckte. Schnurre erzählte, dass seine einzige Hose nur noch als Lumpen taugen würde, er aber kein Geld besäße, sich eine neue zu besorgen. Mein Gott, Wolfdietrich! Das konnte ich gut nachfühlen. Der Hosenmangel verband uns telepathisch oder auf eine sonstige metaphysische Weise, denn meinem Leibe erging es nicht besser. Aber Schnurre erhielt eine Hose, wenn auch eine gebrauchte, und der Spender dieser Gottesgabe war kein anderer als Erich Kästner. Leider hatte ich, außer als geneigter Leser, keine besondere Beziehung zu Kästner. Und einen Prominenten, der mich gleichermaßen hätte beglücken können, kannte ich nicht. Die Geschichte jedoch habe ich nie vergessen, weil sie uns, Schnurre und mich, in dem Kahn der Überlebenden zusammenfügte. Später hatte er vermutlich Geld genug, um sich täglich eine neue Hose kaufen zu können.

Vor dem Fernseher hockend, sah ich seine Fernsehspiele, die heute zu Unrecht vergessen sind, denn ihnen ist etwas eigen, was vom Aussterben bedroht ist: das Berlinische. In diesen Filmen, in denen weder geschossen noch sonst wie gemordet wurde, existierte jenes Berlin der von ihm geschätzten kleinen Leute, existierte ihr Milieu, von dem es in der gegenwärtigen Hauptstadt kaum noch Relikte gibt. Vielleicht waren seine Figuren schon Schatten des Einstmals, die er, der Schattenfotograf, festzuhalten suchte. Er selber lieferte ja den Schlüssel für seine Intention in einem Kurztext, der zitiert werden muss, weil er Schnurres Haltung erklärt.

Beste Geschichte meines Lebens. Anderthalb Maschinenseiten vielleicht. Autor vergessen, in der Zeitung gelesen. Zwei Schwerkranke im selben Zimmer. Einer an der Türe liegend, einer am Fenster. Nur der am Fenster kann hinaussehen. Der andere hatte keinen größeren Wunsch, als das Fensterbett zu erhalten. Der am Fenster leidet darunter. Um den anderen zu entschädigen, erzählt er ihm täglich stundenlang, was draußen zu sehen ist, was draußen passiert. Eines Nachts bekommt er einen Erstickungsanfall. Der an der Tür könnte die Schwester rufen. Unterlässt es: denkt an das Bett. Am Morgen ist der andere tot; erstickt. Sein Fensterbett wird geräumt; der bisher an der Tür lag, erhält es. Sein Wunsch ist in Erfüllung gegangen. Gierig, erwartungsvoll wendet er das Gesicht zum Fenster.

Nichts; nur eine Mauer.

Das Verschwindende, das Verschwundene bewahren – Sucht eines jeden Autors, der seine Fantasie aus dem Erleben seiner Vergangenheit bezieht. Schnurre wurzelte in Berlin, in einem Berlin, von dem nur noch die Literatur Auskunft geben kann. Das hat Schnurre unternommen, zu erzählen, was drinnen geschieht, in einer von der Geschichte schwer angeschlagenen Großstadt, die ihre Verluste nie verschmerzt hat.

Erst nach langer, sehr langer Zeit trafen wir einander wieder, in Schleswig-Holstein, wohin ich 1979 zog – aus einem halben Berlin, dessen psychisches Dasein verarmt war. Hier im Norden hatte freundlicherweise die Kirche meinem Vorschlag zugestimmt, eine Lese-Reihe durchzuführen, mit dem Titel »Dichter predigen«, und selbstverständlich gehörte zu den »predigenden« Gästen Wolfdietrich Schnurre. Aufgrund seines Leidens bewegte er sich schwerfällig und unsicher in die Nähe des Altars, um aus dem »Schattenfotografen« zu lesen. Später saßen wir zusammen und er erzählte mir von dem Unglück, das ihn betroffen; wie er auf der Straße umgefallen sei, gelähmt, keiner Regung fähig, und wie die Leute an ihm vorbeigegangen seien, weil sie ihn für einen hingestürzten Säufer hielten, seine kleinen Leute. Obwohl wir selten, viel zu selten uns von Angesicht zu Angesicht zu sehen bekamen, war er mir nie fremd geworden, nicht allein bedingt durch seine Arbeiten, sondern mindestens ebenso sehr durch etwas, was man mit einem Anflug von Pathos als »Berlinertum« bezeichnen könnte. Um das seltsame Fluidum einer unter dem Prunk und Protz der Moderne begrabenen Metropole aufzuspüren, bietet das Werk Schnurres den Zugang. Er ist der Reiseführer in ein erinnerungswertes Gestern.

Günter Kunert, im Mai 2008

Dreimal zur Welt gekommen

Statt einer Biografie

Ich bin 1920 in Frankfurt am Main geboren worden. Mein Erinnerungsvermögen setzt mit drei Jahren ein. Es hat aus dieser Zeit einen Teich festgehalten, in dem gelbe Trauerweidenblätter schwammen. Am Rand stand, unter einem schwarzen Tuch verborgen, ein Fotoapparat. Er hatte manchmal drei, manchmal fünf dürre Beine. Hatte er fünf, war der Fotograf mit unter dem Tuch. Ich schlief in einem Gitterbett, das aufregend nach rostigem Eisen und öligem Werg roch. Neben mir saß ein Teddybär. Er hatte eine Schelle um den Hals, und waren Männer mit Elchgeweihen und Katzen mit brennenden Augen in meinen Träumen gewesen, schüttelte ich den Bären; dann kam mein Vater auf das Klingeln herein und beruhigte mich wieder. Er war sehr viel jünger als ich heute bin, hatte gerade seinen naturwissenschaftlichen Doktor gemacht und fuhr jeden Morgen, eine längs gefaltete Aktentasche, in der die Kaffeeflasche gluckerte, auf dem Gepäcksitz des Fahrrads, in eine Fabrik, die Glühbirnen machte.

Sonntags wurde gewandert. Im Spessart, am Altrhein, im Taunus. Eine von meines Vaters Wanderfreundinnen hatte hinten einen schwarzgebrannten Kochtopf hängen und vorn eine bunt bebänderte Klampfe. Sie sang Herrmann-Löns-Lieder, trug Haarschnecken auf beiden Ohren und einen Metallreifen über dem Scheitel; sie konnte einen hervorragenden Apfelbrei kochen. Ich war häufig krank damals und sehr oft in Heimen. In Hirschhorn am Neckar umsorgten mich Nonnen. Sie hängten mir ein Laken über den Kopf, in das ich hineingemacht hatte und ließen mich von den anderen Kindern verhöhnen. Im Allgäu später war es dann schöner. Dort lebte ein geistesschwacher Mann mit im Heim, der fallsüchtig war und wunderbar Ziehharmonika spielte. Wir weinten immer, wenn er seine Krämpfe bekam. Als mich dort mein Vater besuchte, wurde ihm zu Ehren die Kapellenglocke geläutet. Er war Bibliothekar geworden inzwischen, aber es gefiel ihm nicht mehr in Frankfurt; mit einer neuen Freundin zusammen, die Malerin war, zogen wir um nach Berlin.

In Berlin kam ich 1928 ein zweites Mal auf die Welt. Wir wohnten ganz im Nordosten, in Weißensee, einem Arbeiterviertel. Es gab viele Mauersegler am Himmel und fast ständig politische Unruhen auf den Straßen. Im Haus arbeitete ein jüdischer Glaser. Wenn er einen Spiegel reparierte, setzte er sich immer erst eine dunkle Brille auf, wegen der fremden Blicke, die den Spiegel unrein gemacht hatten. Es war ein Eckhaus mit einer Kneipe darin. Alle paar Tage kehrten vom nahe gelegenen Friedhof die Trauergemeinden zum Totengedenkessen dort ein. Es gab immer dasselbe: Eisbein mit Sauerkraut, und dazwischen tauchten die Frauen ihre verweinten Gesichter in die großen besänftigend kühlen Weiße-Gläser hinein.

Mein Vater hatte eine Stelle als Bibliothekar an der Berliner Stadtbibliothek erhalten und war für Weißensee zum Naturschutzbeauftragten ernannt worden. Er durfte sich ein schönes Emailleschild am Hauseingang anbringen lassen, auf dem seine Sprechstunden standen. Doch in all der Zeit ist nur einmal ein kleiner Junge mit einem Maikäfer gekommen, dem eine Flügeldecke abgebrochen war. Ich ging auf eine sogenannte Weltliche Schule, die ein Schülerparlament hatte und Lehrer absetzen konnte. Wir machten Ferienausflüge mit russischen Kindern und sahen uns in der Schulaula Revolutionsfilme an. Mein Freund war Richard. Sein Vater zog im Keller der Wohnlaube antinazistische Flugblätter ab, die er uns in die Schulmappen steckte. Wir hatten einen

Plan im Kopf, wo die SA-Lokale waren; dort warfen wir die Flugblätter aufs Pflaster.

Mein Vater sorgte dafür, dass auch die Natur nicht zu kurz kam. Abends fuhren wir manchmal auf die Rieselfelder hinaus und setzten uns an Stellen, wo wilder Schnittlauch wuchs, zum Abendbrot nieder. Sonntags wurde gewandert wie stets. In der Schorfheide, in der Dubrow, im Spreewald, im Kremmener Luch. Die Ferien verbrachte ich auf Forsthäusern. In einem hat ein österreichischer Millionär mich das Angeln gelehrt. Auch auf einem westpreußischen Gut war ich oft. In den endlosen Wäldern dort hat noch der Uhu gehaust. An seinem Horstbaum hing einmal kopfunter ein bärtiger Mann. Er hatte dem Uhu das Kind rauben wollen. Der Uhu hatte das Gesicht des Mannes bis zur Unkenntlichkeit entstellt. Mein Vater kontrollierte die Ernährung der Nachtraubvögel und schrieb wissenschaftliche Arbeiten darüber. Wir haben Eulen immer geliebt. Im Tiergarten, in Berlin, haben wir mit den Waldkäuzen zusammengearbeitet, und etwa vier Monate lang war auch eine junge Waldohreule in Weißensee unser Gast. Als sie groß genug war, um für sich selbst sorgen zu können, brachten wir sie über dreißig Kilometer weit weg und ließen sie frei. Wenige Stunden später hockte sie wieder genauso übelnehmerisch auf der Schreibtischkante wie zuvor. Die Nazi-Ära war angebrochen inzwischen; die Weltliche Schule gab es nicht mehr, und viele unserer Lehrer waren abgeholt worden. Ich ging aufs Humanistische Gymnasium jetzt. Von Griechisch verstand ich nicht viel, aber was Humanismus ist, habe ich leidlich begriffen. Vorm Inneneingang des Gymnasiums stand unter der Sokratesbüste eine Kiste für Knochen und eine für gebrauchte Zahnpastatuben. Viele Lehrkräfte hatten schon umgesattelt; unser Ordinarius allerdings ritt sein demokratisches Steckenpferd, bis man ihn seines Amtes enthob. Wir waren umgezogen und wohnten jetzt in einer zu Unrecht verrufenen Gegend hinter der Jannowitzbrücke in einem möblierten Zimmer. Hier habe ich zu begreifen gelernt, was Großstadttraurigkeit ist.

Immer mehr Jungen und Mädchen trugen jetzt Uniformen. Immer mehr zog ich mich vor allem zurück. Ich las Schopenhauer, Edgar Wallace und Thomas Mann, blieb sitzen im Gymnasium und befreundete mich mit einem katholischen Jungen, der Mönch werden wollte, aber dann Kriminalkommissar wurde. Wir besuchten fast sämtliche Klöster in Berlin und versuchten, aus den Patres herauszubekommen, ob sie ein Mittel gegen den grassierenden Ungeist wüssten. Ja, sie wussten eins; aber es war nicht das meine. Vor allem nicht, seitdem ich am 9. November 1938 fassungslos vor den leer geplünderten Schaufenstern des Kaufhauses Israel in der Rathausstraße gestanden hatte, und am Abend hatte der Himmel vom Brand der Synagoge in der Oranienburger Straße wie ein Schmelztiegel geglüht. Ich verstand nicht, wie der Gott, den uns die Patres so eifrig empfahlen, das zulassen konnte.

Ein Jahr später zog man mich ein. Ich musste in Ostpreußen Flugplätze planieren. Während des deutschen Angriffskrieges auf Polen hatten wir die Schlachtfelder von den Toten zu säubern. Auf dem Kasernenhof in Potsdam lernten wir dann, mit aufgepflanztem Bajonett in einen Sandsack zu stechen. Auf dem Sack prankte ein waagrechter Kreidestrich, der die Gürtellinie markierte. Einige nummerierte Kreise unterhalb der Gürtellinie bezeichneten die für den Einstich anatomisch wirksamsten Stellen. Ich bin sechseinhalb Jahre Soldat gewesen. Die ganze Zeit hindurch hat auf unseren Koppelschlössern die Lästerung »Gott mit uns« gestanden. Zuletzt war ich in der Strafkompanie. Man warf mir vor, ich hätte die Manneszucht untergraben. Mit der Zivilbevölkerung zusammen haben wir Minen geräumt. Während die sowjetischen Panzer uns jagten, gelang es mir, verloren zu gehen; ich zog Zivilkleidung an und bin weiter nach Westen gelaufen.

Während dieser letzten Kriegstage kam ich zum dritten Mal auf die Welt. Es war eine Zangengeburt: die Freiheit zerrte, und der Krieg gab einen nicht frei. In Berlin wurde noch gekämpft. So wich ich aus nach Westfalen. Ich half in der Landwirtschaft; nachts, auf einer umgedrehten Krippe, die nach Häcksel und Pferdeschweiß roch, begann ich wieder zu schreiben. Das heißt, es war mehr ein Beschwören. All das Elend, das Grauen, die Toten –: das ließ einen nicht los. Und auch das Schuldgefühl wollte, dass man sich stellte. Tags erfuhr ich auf bienensummenden Feldern, nur zwei glänzende Pferdekruppen und die gelassen sich drehenden Flügel der Mähmaschine vor Augen, was Frieden ist. Ich begriff es nur zögernd, denn Nacht für Nacht tobte wieder der Krieg los im Hirn. Bald erschien mir das dörfliche Leben als verlogen. Ich fing an, Heimweh nach Brandmauern, nach kahlen Kohlenplätzen, nach S-Bahnschienen und Mauerseglern zu kriegen. Wenig später habe ich im Harz, hart an der grünen Grenze gelegen und darauf gewartet, dass der sowjetische Posten mal austreten ginge. Ich lag so still, dass mir ein Rotschwänzchen über die Finger hüpfte. Aber erst in der Nacht habe ich mich hinübergewagt, denn es kauerten auch einige Tote am Hang.

Auf überfüllten Güterzügen trampte ich zurück nach Berlin. Mein Vater lebte noch; aber Berlin schien im Sterben zu liegen. Die Bevölkerung Weißensees allerdings, zu der auch mein Vater nun wieder zählte, sie war vernünftig gewesen und hatte sich den Russen kampflos ergeben. Mein Vater musste die Wohnung mit einem Sowjetmajor teilen. Der hatte nichts dagegen, dass ich in seinem Zimmer den Schreibtisch benutzte. Ja, manchmal lag sogar ein fettes Stück Speck auf den Manuskriptseiten, oder der Major holte uns aus dem Schlaf, um Schach oder Mensch ärgere dich nicht mit uns zu spielen.

Allmählich rührte es sich wieder in Berlin, und man merkte, die Stadt war nur scheintot gewesen. Ich versuchte, als

Volontär bei Ullstein anzufangen. Aber ich konnte keine Vorgesetzten mehr ertragen und war umbruchtechnisch auch nicht sonderlich begabt. Also schrieb ich weiterhin Geschichten und versuchte, weiter schreibend mit meiner Angst fertig zu werden, das Geschehene könne sich wiederholen. Langsam erschienen nun auch die ersten Arbeiten von mir, allerdings sehr zur Missgunst der Russen. Ich wurde zum Kommandanten zitiert, der mir nahelegte, ich sollte aufhören, in amerikanisch und britisch lizenzierten Zeitschriften zu schreiben. Ich fragte meinen Vater, ob er Lust hätte, mit nach Westberlin zu kommen. Aber er zog es vor, Ostberlin die Treue zu halten. So ging ich allein. Von nun an bestand mein Leben eigentlich nur noch aus Schreiben. Ich versuchte, aus der zertrümmerten Sprache wieder ein brauchbares Instrument zu machen und immer wieder vor allem, mich mit der jüngsten Vergangenheit auseinanderzusetzen. 1947 habe ich, mit einigen anderen Autoren zusammen, die ebenfalls erst nach dem Krieg zu schreiben begannen, die Gruppe 47 gegründet. In Berlin half ich allerlei Zeitschriften teils aus der Taufe zu heben, teils zu Grabe zu tragen. Ich lief viel in der Stadt herum und prägte mir ihre Gerüche, ihre Gesichter, ihre Sprache neu ein. Es war die Wiederbegegnung mit einer alten Vertrauten, von der man nie loskommen kann. Aber ich war nicht auf sie allein angewiesen, denn 1952 heiratete ich. Aus unserer Ehe sind bis heute etwa zwölf Bücher hervorgegangen, keins denkbar ohne meine Frau, keins denkbar ohne Berlin. Eins dieser Bücher allerdings hätte besser keinen Anlass gehabt, gemacht werden zu müssen. Es heißt *Berlin – Eine Stadt wird geteilt* und zeigt in Fotos und Texten, was Berlin seit der Errichtung jener Mauer angetan wurde. Und während ich dieses hier schreibe, sehe ich auch meinen Vater wieder, den ich am 16. August 1961 zum letzten Mal in Ostberlin besuchen konnte, wie er hinter einer Kette schwer bewaffneter Volkspolizisten schluckend zurückbleiben musste. Er winkt. *(1964)*

Ein Leben

Meinem Vater

Die Nacht

Es fängt an mit einem Bettgitterkäfig, der, in der undurchdringlichen Schwärze ringsum, ein Stück Extradunkel umschloss, in dem sich angstblasse Zipfelzwerge vor einem blumengemusterten Plumeauwalross fürchteten. Die Maschen des Gitters schmeckten nach Rost, sie waren fingerbrecherisch eng, und schnabelknappernd und lilagefiedert patrouillierten auf lautlosen Löwentatzen davor die fußzehhungrigen Greifenvögel aus dem Märchenbuch hin und her.

Die Nacht hatte ihr Rückenhaar gegen die Zimmerdecke gestemmt, man hörte den glasigen Pelz an den Gipstrauben kratzen, wenn sie mit ihren Kleiderschranklungen einen knarrenden Atemzug tat. Manchmal hob sie träge eines ihrer im Wind klappernden Lider, und durch den flatternden Sehschlitz blitzte, mit milchigblauem Augapfelperlmutt unterlegt, schielend die Mondpupille herein. Die Stühle animierte das sehr; gleich fingen sie an, im Takt des Schnakengeigengesumms ihre gefalzten Heuschreckenbeine zu schwingen und, um die mürrisch über ihr Treibrad gekauerte Nähmaschine herum, steif einen abgezirkelten Schreittanz zu zelebrieren.

Oft kam auch, baldrianduftend und ächzend die Kupferknopffaust vor die klirrenden Eingeweide gepresst, auf seinen abgeblätterten Geißenhufen das Nachttischchen angestöckelt und gab einem teelöffelweise Traumingredienzen zu essen: Fledermausflügeloblaten, Spinnenbeinsirup, Katzenlakritze. Dann wurde Fieber gemessen mit einem endlosen Mondstrahl, in dem die blasenbrodelnden Träume die Quecksilberrakete bis zu den Sternen hochziehen ließen.

Und schon war man auch selber verzaubert und ging, die felsigen Hände übers Geröll schleifen lassend, dröhnenden Fußes in sich selber spazieren. Vampirschatten fielen von der tropfsteinsäulengestützten Schädeldecke ins Flackerbewusstsein herab und stürzten in die zuckende Netzhaut. Unterm Rippengewölbe hatten sich Gebirge zur Andacht versammelt, und tief und atembeengend zerrte das Herz den im Hals befestigten Glockenstrang nieder, bis man von dem Brausen erwachte.

Der Kittel

Das erste Kleidungsstück, das ich mich entsinne getragen zu haben, ist ein Kittel gewesen. Er war grau und wurde auf dem Rücken geknöpft. Die hämisch blickende Knopfreihe lief exakt die Wirbelsäule entlang; doch wo diese einsichtigerweise zu existieren aufhörte, glitt jene noch schamlos tiefer hinab, sodass weiter unten fast immer der Hemdenzipfel hervorsah. Das hatte gewiss pädagogische Gründe, denn auf diese Weise avancierte der Hemdenzipfel zum untrüglichsten Gradmesser noch der geheimsten Verbotsüberschreitung. War er grün, hatte man auf der feuchten Wiese gesessen; war er schwarz, war man das Betongeländer zum Kohlenkeller hinabgerutscht, und wies er gar Rostflecken auf, hatte man wieder beim Altwarenhändler gehockt. Einen Kragen hatte der Kittel nicht, das Prangerloch für den Hals genügte vollständig. Die Ärmel waren überraschend geräumig; sie sollten wohl kurz sein, doch da man wuchs, schlossen sie auch vorsorglich die Ellenbogen mit ein. Die Hosenbeine verfuhren mit den Waden ganz ähnlich; nur dass sie ihnen weit weniger Raum übrig ließen, sodass einem die Sitzbeulen wie die Schutzscharniere einer Ritterrüstung von den Knien abstanden.

Natürlich war es unmöglich, allein in den Kittel hineinzugelangen, und heraus kam man auch nur, wurde einem geholfen. Das schien ebenfalls einen erzieherischen Zweck zu verfolgen; denn hatte man einen einsamen Nachmittag lang vor den mörderisch blickenden Rattenlöchern im Hof ein wenig Selbstbewusstsein gesammelt, gleich stürzte es am Abend unter den ironisch an einem herumnestelnden Frauenhänden wieder zusammen.

Und die Zusatzkleidung zum Kittel sorgte eigentlich auch nicht gerade dafür, dass man dem Helden, der man ganz zuletzt doch irgendwo war, endlich einmal den gebührenden Auftritt verschaffte. Die langen schwarzen Strümpfe wären zur Not noch gegangen; das Üble waren die straffen Gummibänder an ihnen, die unelastisch und streng schenkelaufwärts an einem grobmaschig gehäkelten Leibchen festgeknöpft waren und so viel wütende Eigenkraft hatten, dass sie einem, setzte man sich, automatisch die Beine einknickten.

Dann hatte noch ein fast kahler Stiftekopf zum Kittel gehört und eine freimütig laufen gelassene Nase, deren unentschlossene Silbergleisspur sich oft erst in Herzhöhe auf der grauen Leinenfläche verlor. Ein paar krötenhäutige Stiefel, die mit mehr Ösen als Leder versehen waren und vermittels zweier riesiger, schlaff herunterhängender Schnürsenkelschlaufen sich leidlich erfolgreich am Fuß festzuklammern versuchten, machten den Anzug komplett.

Dass man dennoch an dieser Tracht nicht verzweifelte, lag an der breiten Känguruhtasche, die der Kittel vorm Bauch trug. An ihr hielt man sich schadlos; sie war die erste geheime Vertraute, das Räuberverlies, das Versteck mit den Schätzen; denn nicht nur Schneckenhäuser, Kreideklumpen und abgelutschte Bonbons, die schließlich jeder besaß, nein: auch Hühnerbeine, die melancholisch die Zehen bewegten, wenn man an ihrem Sehnenstrang zog, und Maikäferflügel, Puffreiskokons, Haarnadelorakel und Bierflaschenverschlüsse wurden in jenem Tuchspalt gehortet.

Hier endlich setzte die Hochachtung ein, die einem der Kittel sonst so verdarb; niemand hatte ein Recht, die Tasche zu leeren; Nacht für Nacht durfte man mit der Gewissheit einschlafen, sie früh unberührt, prall und verlockend am kargen Kittel herabbaumeln zu sehen.

Dass einmal ein Regenwurm, den man vergessen hatte im Park auf den Rasen zu setzen, gegen eine alte Fahrradklammer ausgetauscht war, stimmte zwar nachdenklich, doch die Keuschheit der Tasche berührte das nicht; unnahbar und erinnerungsträchtig bewahrt sie noch heute, vergegenwärtigt man sie sich nur innig genug, all mein irdisches Eigentum auf.

Das Wanderkleid

Es wurde nur sonntags getragen, und wenn ich mich an es zu erinnern versuche, läuten mir ferne die Glocken im Kopf, und ein Knie stößt dumpf an eine Gitarre, und ich weiß auf einmal auch wieder, wie heißer Apfelbrei riecht. Zuerst ist die Farbe da, dieses verwaschene, von Regenbögen und bunt faulenden Fischen beeinflusste Blau, das an den abgeschabten Ärmelrändern zu einem schillernden Lila gerann. Dann nimmt die Bluse Kontur an, ich spüre den Kragen. Er war viereckig und fiel weit auf den Rücken hernieder. Regnete es, konnte er über den Kopf geklappt und mittels eines Einmachgummis, das ums Kinn und hinter den Ohren entlanglief, sogar sturmfest gemacht werden. Das war wichtig, denn es wurde auch bei Regen gewandert, und Zelte, gar Dächer, waren verpönt.

Darauf der Ausschnitt. Er zielte zum Nabel hinab und sollte wohl dokumentieren, wie frei man in so einem Wanderkleid sei. Zum Glück liefen die Innenränder des Ausschnitts aber je eine Reihe lederumsäumter Löcher hinauf, durch die sich in trägen Zickzackspiralen eine graugelbe Kordel emporwand. Zerrte man heftig genug an einem ihrer kraftlos herabbaumelnden Blindschleichenköpfe, zog sich der Blusenausschnitt zu einer eng vergitterten Scharte zusammen; was besonders im Hinblick auf die Äpfeltransporte von Wichtigkeit war.

Überall nämlich standen Apfelbäume längs der Chaussee, und da es damals nicht Dringenderes gab, als in Auftritt und Gebaren naturverbunden zu sein, wurde, so oft es sich anließ, ein Feuer entzündet und ein riesiger schwarzer Kochtopf darübergehängt. Die Äpfel, die in ihm geschmort werden sollten, durften jedoch nicht im Rucksack mitgeführt werden, den kontrollierten die knüppelbewehrten Bauern zu oft. Hier musste die Bluse Abhilfe schaffen; denn ein dickes offenbar auch noch schwer asthmatisches Kind (es gingen bis fünf Kilo in die Bluse hinein) rührte nicht mal eine Gendarmenhand an.

Ursprünglich war die Bluse leidlich hautnah gewesen, doch die dauernden Apfeltransporte weiteten ihr Fassungsvermögen allmählich aufs Dreifache aus, sodass sie in leerem Zustande jetzt ziemlich großzügig um einen herumhing. Sie war mit sechs mächtigen, nachts phosphoreszierenden Perlmuttknöpfen an der Hose befestigt; diese hatte ihren Taillendurchschnitt aber bewahrt, und so waren, zu den Blusenärmeln hinauf, sechs wirkungsvolle Windkanäle entstanden. Sie wurden meist mit einem jener farbenfroh bestickten Bänder gedrosselt, wie sie in flatternden Bündeln den Gitarrenhals zierten.

Das schönste Band, das ich an Gürtels Statt trug, wies, vor schwärzlichem Grund, einen goldgestickten Wacholderbusch auf, mit einem grauen Grabstein daneben, an dem ein Mann stand und weinte. Das Lied dazu verwaltete ich auch; sein Text war mit grüner Tinte in ein schmales Kontobuch eingetragen, dessen pappene Deckel durch zwei ebenso große, dunkel gefärbte und mit tiefgrünem Samt unterlegte Laubsägebilder ersetzt worden waren. Die Bilder stellten eine

Trauerweide mit Schwänen und ein Stück Sternhimmel dar. In den Sternhimmel hatte auch einmal ein Mädchen die Arme gereckt, doch sein Rumpf war abgebrochen, man konnte nur noch die auf Zehen wippenden Füße erkennen. Dieses Gesangbuch steckte in einer Kartentasche aus Wachstuch, die den Weltkrieg mitgemacht hatte; sie hing mir an einer Schnur über der Schulter und war, mit einem Ausziehbecher zusammen, mein ganzes Gepäck.

Der Ausziehbecher bestand aus fünf ineinander versenkbaren Aluminiumringen; er war nicht sehr praktisch, denn das Wasser quoll unter den Ringen wie eine fünffach gestufte Fontäne hervor; doch er wurde trotzdem benutzt, denn er bewies, wie unabhängig von bürgerlichen Tassenköpfen man war. Ich trug ihn in der Hosentasche herum, und jetzt fällt mir auch ein, was ich vom ganzen Wanderkleid am innigsten in Erinnerung habe: die Hose.

Sie war mit einer Klappe versehen, und löste man die von den beiden hintersten Leuchtknöpfen ab, fiel sie selbsttätig wie eine Zugbrücke nieder; was sich, des vielen Apfelbreis wegen, oft als außerordentlich nützlich erwies. Die Farbe der Hose war die Farbe der Welt, und nichts hätte das balsamische Duftgemisch, das jene Sonntage damals umgab, gewissenhafter aufbewahren können als sie. Der Nebelgeruch, der vom bleigrauen Altrhein heraufkam; der Schlickdunst, der in den Faserbärten der überschwemmt gewesenen Kopfweiden hing; die süßen Apfelwindwolken, die die Holperchausseen überdachten; der warme Kuhfladenhauch, der über den Wiesen stand, und immer wieder der strenge Rußduft des Kessels und die bitter schmeckenden Aschenschleier über den ausgetretenen Feuern: All das steigt in meiner Erinnerung von der Wanderkleidhose wie ein unsterblicher Julitag auf.

(1955)

*

Der Ausmarsch

Um sechs traten sie an.

War noch dunkel.

Sie stellten sich vor der Kiste auf. Über die Kiste war eine Fahne gebreitet. Auf der Fahne stand ein Kruzifix. Neben dem Kruzifix lag ein Buch.

Scheinwerfer brannten.

Sie rieben sich die Augen und blinzelten. Ein paar hatten sich aneinandergelehnt und schliefen im Stehn weiter.

Die Gewehre hielten sie in der Hand; sie hatten noch nicht gelernt, sie zusammenzusetzen.

Draußen, vorm Tor, standen die Mütter; schweigend.

Der Posten ging auf und ab. Sein Stahlhelm glänzte.

Es nieselte sanft. Nebel stand auf den Höfen.

In der Kaserne war Licht. Die Unteroffiziere liefen durch die Gänge und holten die Nachzügler aus den Stuben. Verschlafen, in der einen Hand das Gewehr, in der andern ihre Teddybären und Puppen, taumelten sie die Treppe herunter.

»Los, los!«, rief der Feldwebel. Er war alt.

Sie fingen an zu laufen.

»Abzählen!«, rief der Feldwebel.

Wie ein Xylofonhammer lief der Befehl durch die Reihen; es war, als ob er an Weingläser schlüge, so zart klangen die Stimmen.

»Na?«, rief der Feldwebel.

Das Abzählen stockte.

»Wir sind erst vier«, sagte eins; »wir können noch nicht zählen.«

»Dacht ich mir doch«, sagte der Feldwebel. Zog seinen Bleistift. Lief die Reihen ab. Zählte selbst. »Häng deine Gasmaske richtig«, sagte er.

Hinterm Podium strahlte aus dem Dunkel das Glutloch der Gulaschkanone. Ihr Deckel war zugeschraubt. Das Ventil zischte. Aus der Kaserne kamen die Unteroffiziere; sie salutierten und stellten sich an den linken Flügel. Die Mütter vorm Tor starrten durchs Gitter. »Heini!«, rief eine.

Der Nebel begann sich zu lichten. Man konnte im Umriss schon die Latrinen erkennen.

Der Hauptmann kam. Er ging an Krücken. Sein Bart leuchtete. »Stillgestanden!«, rief der Feldwebel.

An der Gulaschkanone klapperte der Koch mit der Rührkelle. Die Kinder pressten ihre Teddybären und Puppen an sich und sahen ernst geradeaus.

»Augen – rrrrechts!«

Im ersten Glied fiel ein Kasperle zu Boden.

»Melde dem Hauptmann!« Der Feldwebel ging auf ihn zu und schlug die Hacken zusammen. »Kinderbataillon Sechshundertsiebzehn zum Abmarsch angetreten!«

»Danke«, sagte der Hauptmann. Er nahm die Front ab. »Klick«, machte sein Holzbein, wenn er es aufsetzte; »klack«, wenn er es hob. »Lassen sie rührn.«

»Rührn«, sagte der Feldwebel. Schrie: »Rührt euch!«

Der Hauptmann legte die Hand aufs Podium, er musste sich stützen. »Morgen, Kinder!«

»Guten Morgen, Onkel!«, riefen die Kinder. Ein paar wollten aus der Reihe laufen und ihm die Hand geben. Aber die andern hielten sie zurück.

Der Nieselregen nahm zu.

Dämmerung sickerte aus dem Grau.

Auf dem Kopfsteinpflaster spiegelten sich die Scheinwerfer.

»Ihr zieht heut ins Feld«, sagte der Hauptmann.

»Ja, Onkel«, sagten die Kinder.

»Das ist ein großer Tag für euch.«

»Ja, Onkel.«

»Ich hoffe, ihr zeigt euch seiner würdig und seid so tapfer wie eure Väter, die auf dem Felde der Ehre geblieben sind.«

»Ja, Onkel«, sagten die Kinder.

»Ihr seid die letzten«, sagte der Hauptmann.

»Ja, Onkel«, sagten die Kinder.

»Das Vaterland blickt mit Stolz auf euch.«

»Quatsch!«, schrie der Koch an der Gulaschkanone seinen Gehilfen an; »*Salz* sollste nehmen!«

»– Stolz auf euch«, sagte der Hauptmann.

»Ja«, sagten die Kinder.

Kam der Pfarrer.

»Der Pfaffe, Herr Hauptmann«, sagte der Feldwebel.

Der Pfarrer salutierte. Er war in Uniform. Um den Hals hing ihm an einer Silberkette das Kreuz. Er roch nach Parfüm. Seine Schaftstiefel glänzten.

»Markig, kurz, erhebend«, sagte der Hauptmann.

Der Pfarrer salutierte. »-woll, Herr Hauptmann.«

Er stieg aufs Podium; federnd, leicht.

»Ihr lieben Kindlein«, sagte er und ließ die Silberkette mit dem Kreuz um seinen Zeigefinger pendeln.

Die Kinder sahen zu ihm auf.

»Da zieht ihr nun hin wider den Feind«, sagte der Pfarrer, »um den befleckten Schild unseres ruhmvollen Vaterlandes zu sühnen.«

»Ja«, sagten die Kinder.

»Ach«, sagte der Pfarrer und lächelte, »ach, ihr lieben Kindlein, wisst ihr denn aber auch, dass Einer ist, Der euch beschützt dort draußen im arg fernen Lande des grausamen Feinds?«

»Nein«, sagten die Kinder.

»Ach, ihr lieben Kindlein«, sagte der Pfarrer, »aber ihr *solltet* es wissen.«

»Ja«, sagten die Kinder.

»So wisset denn«, sagte der Pfarrer und wirbelte sich die Silberkette mit dem Kreuz um den Finger, »dass es ist der Herr und oberste Heerführer all unserer ruhmreichen Truppen –«

Der Koch an der Gulaschkanone schraubte den Deckel auf; Dampf schoss heraus. »Mist!«, schrie er seinen Gehilfen an; »alles zerkocht!«

»– ruhmreichen Truppen«, sagte der Pfarrer und hüstelte. »Er, Der jetzt verklärten Blicks herabschaut auf euch, Seine tapferen Söhne, denen Er durch mich, Seinen Diener, den himmlischen Segen erteilt.« Er breitete die Arme aus.

»Amen«, sagte der Feldwebel.

Der Hauptmann sah auf die Uhr.

»Moment noch, Herr Hauptmann«, sagte der Pfarrer, ohne die Arme sinken zu lassen. »So spende ich denn«, fuhr er fort, »euch und euren sieghaften Waffen den Segen Gottes, des allmächtigen Herrn aller Ihm wohlgefälligen Schlachten.«

»Kaffee fassen!«, schrie der Koch.

Der Pfarrer ließ die Arme sinken. »Amen«, sagte er. Seine Stimme zitterte.

»So«, sagte der Hauptmann; »*auch* geschafft. Lassen Sie Kaffee fassen.«

Der Feldwebel salutierte. »Kaffee fassen.«

Der Pfarrer blies die Backen auf und stieg federnd vom Podium.

»Kaffee fassen!«, rief der Feldwebel.

Die Kinder schnallten ihre Kochtöpfe ab und rannten zur Gulaschkanone. Die Schulranzen auf ihren Rücken sprangen auf und ab.

Es war hell geworden. Vorm Tor konnte man jetzt deutlich die Mütter erkennen. Sie hielten rote, grüne und blaue Einschulungstüten im Arm, die mit weißem Seidenpapier verschlossen waren. Sie winkten. Hinter ihnen, auf der Chaussee, bauten alte Leute an einer Panzersperre.

Die Kinder hatten hinter der Gulaschkanone eine Reihe gebildet. Ein paar spielten Einkriegen und jagten sich.

»Los, los!«, rief der Feldwebel; »Beeilung!«

Die ihren Kaffee hatten, traten wieder in Marschordnung an. Als alle durch waren, ließ der Feldwebel sie ihre Gewehre umhängen. »Lasst bloß nicht mal aus Versehn eure Teddybärn los!«

»Nein, Onkel«, sagten die Kinder.

»Liebe tapfre Kerle«, sagte der Pfarrer und schob sich die Bibel in die Gesäßtasche.

»Ja«, sagte der Hauptmann; »das Vaterland braucht sich ihrer nicht zu schämen.«

Eine Ordonanz kam. »Das Frühstück, Herr Hauptmann.«

»Endlich«, sagte der Hauptmann. »Lassen Sie abmarschiern.«

»Abmarschiern.« Der Feldwebel salutierte. »Unteroffiziere eintreten.«

Die Unteroffiziere hinkten durch die Pfützen. Die meisten gingen an Krücken. Keiner war unter sechzig.

Der Posten drückte die Torflügel auf. Die Mütter wurden zurückgedrängt. »Heini!«, rief eine.

Der Nebel war dünner geworden. Nur in den Chausseebäumen saß er noch. Der Nieselregen hielt an.

»Stillgestanden!«, kommandierte der Feldwebel. »Im Gleichschritt – maaaaarsch!«

»Wiedersehn, Onkel!«, riefen die Kinder.

Der Hauptmann winkte. Die Ordonanz hatte einen Regenschirm aufgespannt über ihm.

»Ein Lied!«, schrie der Feldwebel.

»Hänschen klein!«, riefen die Kinder.

Die Ersten gaben den Ton an.

»Drei –«, zählten die Unteroffiziere, »– vier!

Sie sangen. Es war ein klarer und lieblicher Gesang, aus dem die Bässe der Unteroffiziere sehr bald herausfielen. Singend marschierten sie durch das Tor; singend und ohne sie anzublicken, an den Müttern vorbei zur Chaussee.

Die Alten an der Panzersperre sahen auf und fuhren sich über die Augen.

»Heini!«, rief eine Frau.

»Hat ja nun kein Hänschen mehr!«, sangen die Kinder.

Auf den Feldern stoppelten Greise Kartoffeln. Ihre Säcke waren leer. Krähenschwärme warfen sich in den Wind. Am Stadtrand qualmten die Munitionsfabriken.

Der Asphalt war glitschig. Regenbogenfarbige Ölflecke zerflossen auf ihm. In den Ölflecken spiegelte sich der Himmel. Der Himmel war grau.

(1945)

Karl glaubte nicht, dass es mal so kommen könnte, wie Aljoscha gesagt hatte; es lag ihm nicht, sich vorzustellen, dass jede Selbstverständlichkeit von irgendeinem himmlischen Auge registriert und dann pedantisch verzinst werden sollte. War ein Mensch in Not, half man ihm. Ging man selbst dabei drauf – Pech gehabt. Wenn nicht, auch gut.

Aljoscha sah das anders. Für ihn war Karls Tat eine Leistung; er hatte Tränen in den Augen, als Karl ihn aus dem Feuer schleppte. Nicht vor Schmerz, obwohl es ihn ganz schön geschnappt hatte diesmal; nein, vor Rührung, vor Dankbarkeit oder so was. »Du sollst sehn«, sagte er über Karls Schulter weg, »du sollst sehn, einmal bin auch ich dran, dir zu helfen. Dann sollst du's gut haben. Und pflegen will ich dich dann, goshpodin, will ich dich pflegen.«

»Fein«, keuchte Karl, »da freu ich mich drauf.«

Als er mit Aljoscha zum Gefechtsstand kam, war der Chef da. Er hatte einen Splitter im Arm, und ein Sanitäter dokterte an ihm herum, obwohl die Schwerverwundeten in Reihen dalagen. »Jetzt schmeißen Sie sich auch noch für einen Hiwi weg«, sagte der Chef, »für einen russischen Pferdeknecht! Ehre haben Sie wohl gar nicht mehr im Leib?«

Karl ließ Aljoscha zur Erde gleiten, er legte ihn zu den Übrigen und setzte sich. »Er hat den Bauch kaputt«, sagte er; »sollte ich ihn liegen lassen?« Er hustete.

»Und Sie –!«, fragte der Chef.

Karl fuhr sich mit dem Handrücken über den Mund. Blut klebte daran; es troff ihm aus den Mundwinkeln, er merkte es erst jetzt.

»Wär Ihnen nie passiert, wenn Sie nicht diesen blödsinnigen Hiwi rausgeholt hätten«, sagte der Chef. »Au!«, schrie er den Sanitäter an, »passen Sie doch auf, Mensch!«

Karl sah zu Aljoscha hin. Der presste die Kinnbacken aufeinander. Als er Karls Blick spürte, lächelte er.

Der Chef sagte: »Ich warne Sie, Obergefreiter Gruber. Sie wissen, dass sie dem Kommandeur schon öfter aufgefallen sind. Dieses dauernd Rumglucken mit den Russen. Außerdem –« Er zündete sich mit dem freien Arm eine Zigarette an, »außerdem weiß man auf Kriegsgerichten in der Regel zwischen forciertem Draufgängertum und beabsichtigter Selbstverstümmelung verdammt gut zu unterscheiden, Obergefreiter Gruber.«

Arschriese, dachte Karl; in die Schnauze schlagen müsste man dir.

»Willste dich mal hinlegen!«, sagte der Oberarzt. »Sitzt der Kerl mit m Lungenschuss, so was.«

Karl legte sich. Erst auf den Rücken; doch da verschluckte er sich. Dann auf die Seite; das ging; das Blut lief ihm in zwei Bächen, die sich unter dem Kinn vereinigten, den Hals runter. Er fühlte sich leicht, wunderbar leicht.

Behandelt wurden nur die Arm- und Beinverletzten; die übrigen kamen in die Vorhölle, in den Abkratzpalast. Das war das Zelt, in dem die mit den Kopfverletzungen, mit den Bauch- und Lungenschüssen herumlagen, bis man sie auf die Panjewagen verlud, die sie zum Verbandsplatz bringen sollten. Wenn das dann noch Sinn hatte.

Was sie alle bekamen, ob Lungenschuss oder Splitter im Knie: die Tetanusspritze.

Auch Aljoscha; auch Karl.

»Lasst uns zusammen«, sagte Karl zu den Sanitätern, die sie reintrugen.

Es war komisch; dass er Aljoscha aus dem Granatwerferfeuer geholt hatte, war noch ein Experiment gewesen. Aber dass er ihn jetzt plötzlich brauchte, war echt.

Im Zelt drin war es dunkel. Sie lagen auf Stroh.

»In zwei Stunden kommen die Wagen, Leute«, sagte der Sanitäter. Dann fiel die Zeltklappe zu.

»Nu«, sagte Aljoscha, »was ist –: Wie geht's dir?«

»Nicht schlecht«, keuchte Karl; »und dir?«

»Ich flieg«, sagte Aljoscha; »eine Taube bin ich.«

»Mich kannst du wegblasen wie n Löwenzahnfallschirm.«

Aljoscha blies die Backen auf. »Nu, was ist, warum fliegst du nicht?«

»Schade«, sagte Karl, »aber mir muss einer n Stein in die Hose genäht haben.«

Sie lachten lautlos.

»Weißt du«, sagte Aljoscha; »nicht, dass mein Leben was taugte, nein. Aber die Babuschka, siehst du – die Großmutter –«

»Du liebst sie?«, fragte Karl und dachte an seine Frau, von der er sich getrennt hatte, weil er anfing, Mitleid mit ihr zu bekommen.

»Du müsstest sie sehen«, sagte Aljoscha; »wenn sie sich in den Ofen bückt und die Pfanne rausholt, die schwarze, mit dem brutzelnden Talg drauf und den weißen Kartoffeln. Goshpodin! So emsig. Und erst wenn sie sich umdreht: Setz dich, Ljoschinka, Täubchen; du hast genug rumrennen müssen, diesen unguten Krieg lang. Ruh jetzt; mach Schluss mit dem Ärger. Und ich setz mich und rühr nur im Napf und starr zu ihr hin, und ich seh, dass es ihr ebenso geht, dass sie auch nur mich ansieht; bis ihr das Angestarre zu dumm wird. Isst du jetzt!, schreit sie und schüttelt die Fäuste. Nu, was sollst du da machen? Tauchst den Kopf in den Dampf und fängst an zu löffeln.«

»Wir werden zu ihr gehen«, sagte Karl.

Aljoscha drehte das Gesicht zu ihm hin. »Sie wird dir einen Speckkuchen backen«, sagte er, »mit Buttermilch drüber. *So* dick. Und gelb; viel Eier. Du schläfst im Bett. Ich und die Babka, wir gehn in die Nische. Wenn du Lust hast, gehn wir abends auch auf die Kolchose; da gibt's Musik, und auch Wodka manchmal, und Mädchen.«

Sie mussten aufhören, ein Verwundeter schrie.

»Was ist los«, fragte der Sanitäter durch den Zeltspalt.

»Verpfeif dich«, sagte einer; »lass ihn wenigstens in Ruhe krepiern.«

»Wie ein Pferd«, sagte Aljoscha; »weißt du, ein Pferd. Hast du schon mal ein Pferd schreien hören? So wenn es sterben muss, wie es dann schreit, ja?«

»Nein«, sagte Karl.

»Genau so.« Aljoscha hielt den Atem an.

»Was ist?«, fragte Karl.

»Meine Pferde«, sagte Aljoscha. »Das wär was: der Babuschka sie mitbringen. Hm?«

»Schade«, sagte Karl; »aber das geht nicht, Aljoscha.«

»Nein«, sagte Aljoscha. »Aber wenn sie jetzt nur nicht der Dimitry kriegt. Der Dimitry nämlich, weißt du, der hat neulich einer Eidechse den Kopf abgebissen. Der ist aus einem Dorf bei Tiflis; da tun sie das noch. Einer Eidechse, Karel!«

»Vielleicht kriegt sie Wassil.«

»Ja«, sagte Aljoscha; Wassil ist gut. Wassils Pferde waren immer blank. Und rund waren die, was?«

»Ja«, sagte Karl. »Und am dicksten warn sie, als die Bombe ihnen die Füße weggerissen hatte, und die Sonne ihnen den Bauch wie Kürbisse auftrieb.«

»Das war ein Kummer«, sagte Aljoscha. »Goshpodin, wie sie dalagen, der Sascha und die kleine Kathinka. War das auch ein Pferdchen, die Kathinka, was? War das ein Stutchen, die Kleine? So was Schmales, der ihre Fesseln. Und erst die Mähne! Ganz blau. Er hat sie geflochten, der Wassil, geflochten hat er die Mähne; mit Stroh, weißt du, und mit roten Bändern.«

»Ja«, sagte Karl; »schön sah das aus. Ich glaub bestimmt, dass Wassil die Pferde kriegt.«

Aljoscha schwieg.

Er denkt an seine Pferde, dachte Karl. Er hat einen Bauchschuss, krepiert in ein paar Stunden und denkt an seine Großmutter und an die Pferde.

Von draußen schimmerte eine Leuchtkugel durch die Zeltplane. Die Verwundeten stöhnten.

Woran er wohl jetzt denkt, dachte Aljoscha und versuchte, in dem blauen Leuchtkugellicht zu Karl hinzusehen. Lauter rote Bläschen hat er vorm Mund. Ob er jetzt sterben muss? Wenn er kaputtgeht, geht er wegen dir kaputt, Ljoscha.

Der Sterbende schrie wieder.

»Halt doch die Schnauze, Kerl«, sagte jemand; »wir machen's doch auch ruhig ab.«

»Was sagt er, Karel«, flüsterte Aljoscha; »darf er nicht schrein?«

»Er will, dass er ruhig sein soll«, sagte Karl.

»Aber er stirbt doch.«

»Warum muss er schrein, wenn er stirbt?«, fragte Karl.

»Nu, ist doch schlimm.«

»Was –: Sterben –?«

»Tot sein mein ich; so all das Dunkel um einen, und niemand da, den du kennst.«

»Was willst du«, sagte Karl; »vielleicht war hier schon niemand da, der ihn gekannt hat.«

Aljoscha dachte nach. »Dann braucht er aber doch nicht zu schrein.«

»*Er* schreit ja auch nicht«, sagte Karl; »das Leben schreit.«

»Das Leben?«, fragte Aljoscha; »was hat es? Wird es gequält, dass es so schreit?«

»Es ärgert sich«, sagte Karl; »es hat wieder verloren; es verliert immer.«

»Nein«, sagte Aljoscha.

»Nein?«, Karl sah zu ihm rüber.

»Sieh mal«, sagte Aljoscha; die Babuschka, nicht, die ist jetzt so alt geworden. Goshpodin, und was hat sie alles gesehn! Krieg und Teufel, Dreck und Blut; was du willst. Aber meinst du, sie hätte mal was vom Sterben gesagt? Nein, nie hat sie das. Nichts. Gar nichts. Schön, mal in die Ecke gegangen zur Ikone und sich bekreuzigt und was gemurmelt.

Aber ans Sterben gedacht? Die Babuschka –? Die denkt nicht ans Sterben. Die will gar nicht sterben. Siehst du, *so* ist das.«

»Aha«, sagte Karl; »so ist das also. Sie will nicht. Und warum nicht?«

»Nu«, sagte Aljoscha, »weil's gut ist.«

»Was.«

»Na so: übers Feld gehen. Das Backen. Das Melken. Das Essen. Feuer anmachen. Alles eben.«

»Aber die Babuschka hat doch nicht bloß immer nur Sonnenblumenkerne gekaut, sie hat doch auch deine Mutter geboren und deinen Großvater geliebt.«

»Na, das ist doch auch gut.«

»Was –? Das Gernhaben –? Das Kinderkriegen –?«

Aljoscha drehte den Kopf zu Karl hin. »Nu sicher; was fragst du?«

Karl schwieg. So noch mal anfangen können, dachte er. Und er dachte wieder an seine Ehe, diese Schinderei. Dieses dauernde Experimentieren, dachte er. Ehe, Krieg, Freundschaft, Mut –: Experimente, Experimente. Ausweichen, Flucht; Staub, Wirbel; nur sich's nicht setzen lassen. Nicht, so war es doch? Er dachte: Der hat sich; und du willst dich nicht; das ist der ganze Unterschied. Er sagte: »Aljoscha. Du musst mir helfen.«

»Nu«, sagte Aljoscha; »wenn ich kann. Was ist, Karel?«

Der Wind trieb MG-Geknatter herüber.

»Wie ist das, Aljoscha«, sagte Karl; »du hast doch sicher auch jemand sehr gern; irgendein Mädchen, nicht?«

»Ein Mädchen?«, fragte Aljoscha; »ich hab doch die Babuschka. Ich kann doch nicht – wenn ich die Babuschka hab, sieh mal, da kann ich doch nicht noch ein Mädchen haben.«

»Nein?« Karl stemmte den Oberkörper hoch. Er verschluckte sich. Er hustete; sein Atem keuchte. »Wirklich nicht?«

»Zwei –?«, sagte Aljoscha; »das würd mich verrückt machen.«

»Ja, ist das so?« Karl sank wieder zurück. »Denk mal, ich könnte das.«

»Was –«, fragte Aljoscha; »die Babuschka und noch ein Mädchen? Zwei –? Nein, das könntest du nicht.«

»Nicht nur zwei«, sagte Karl. »Zum Beispiel meine Frau und noch zwei oder drei andre. Dutzende. Jeden Tag eine andre.«

»Warum?«, fragte Aljoscha; »warum so viele?«

»Ich weiß nicht«, sagte Karl.

Draußen war Wagenrumpeln zu hören.

»Jetzt fahren sie uns ins Lazarett«, sagte Aljoscha. »Alles weiß, was? Die Betten –; die Hemden –; und Vorhänge, ja? Weiße Vorhänge –?«

»Ja«, sagte Karl. »Sie flicken uns zusammen, und dann gehen wir nach Hause.«

»Na, na«, sagte Aljoscha; »einfach nach Hause?«

»Was willst du machen mit deinem kaputten Bauch?«, fragte Karl.

»Das ist wahr. Ich werd immer nur Weißbrot und Kascha essen dürfen, was?«

Die Zeltklappe hob sich; der Oberarzt kam herein. »So«, sagte er und steckte einen Kerzenstumpf an, »die ersten zwölf.« Er beugte sich über Aljoscha und hob dessen blutigen Mantel etwas an. Karl sah dem Arzt ins Gesicht. Beherrscht oder abgestumpft, dachte er.

»Der geht mit«, sagte der Oberarzt. »Was ist mit dir?«

»Lunge«, sagte Karl.

»Richtig.« Der Oberarzt drehte ihn um und betastete unter der Feldbluse Karls Schulterblätter. »Was machst du bloß für n Quatsch?«

»Aus –?«

Der Oberarzt blickte ihn über die Brille weg an. »Noch mal versuchen?«

Karl sah zu Aljoscha hin, den gerade zwei Sanitäter raustrugen. Ich brauch ihn, dachte er. Und er hängt an mir. Endlich mal einer, der an mir hängt.

»Los«, sagte er.

Die Sanitäter hoben Karl auf. Experiment Nummer tausendundeins, dachte er.

Sie wurden Kopf an Kopf auf denselben Wagen gelegt. Der Fahrer breitete eine Decke über sie aus.

Sie standen eine halbe Stunde. Der Mond kam. Im Wald sang der Sprosser. Aljoscha hatte Schmerzen; er knirschte mit den Zähnen.

Die Pferde vorm Wagen rupften Gras, der Fahrer war eingenickt.

Karl sah in den Himmel. Etwas wie Genugtuung war in ihm. Geschafft, dachte er. Ein Leben lang bin ich ihm weggelaufen; immer war's hinter mir her. Jetzt hab ich's eingeholt, jetzt hab ich Vorsprung. Eine Nasenlänge Ewigkeit; die holt's nicht mehr auf.

»Karel –«, sagte Aljoscha plötzlich.

»Ja«, sagte Karl; »Ljoscha, was ist?«

»Warum bist du in den Krieg gegangen?«

»Siehst du«, sagte Karl, »das ist es. Genau das. Ja, warum eigentlich.«

»Musstest du?«

»Nein«, sagte Karl. »Ich wollte.«

»Warum.«

»Aufsitzen!«, rief der Sanitätsfeldwebel.

Die Fahrer, die abgestiegen waren, setzten sich auf ihre Wagen.

»Maaaaarsch!«

Karls und Aljoschas Wagen war der letzte in der Kolonne. Ihr Fahrer schlief noch; aber die Pferde liefen von allein los.

»Es widerte mich an«, sagte Karl und schob sich auf der Strohschütte des Wagens zurecht; »verstehst du. Ich wollte nicht mehr.«

»Was –: Leben –?«

»Doch; leben schon. Aber anders.«

»Wie anders.«

»Nicht mehr so feige, so – so dreckig, so viehisch, so – so egoistisch.«

»Egoistisch – was ist das.«

»Nichts Besondres. Wir sind's alle. Aber *ich* wollt's nicht mehr sein, verstehst du, ich nicht mehr. Ewig andre Menschen kaputtmachen. Leben – diesen ganzen Mist. Diese Lüge. Satt hab ich's, verstehst du: satt.«

»Aber im Krieg, da macht doch auch einer den andern kaputt. Da ist's doch viel schlimmer, im Krieg.«

»Im Krieg ist man ehrlich, Aljoscha. Da sagt man gleich: Dir hau ich den Schädel ein. Und nicht erst: Ich liebe dich. Und dann murkst er die Selbstliebe ab, der Krieg. *So* klein wirst du im Krieg; *so* winzig. Tut gut, wenn du dir über bist; ist verlockend, wenn du dich hasst.«

Aljoscha starrte in den Himmel. Er ist krank, dachte er; er reißt vor sich selber aus. »Die Babuschka«, sagte er langsam, »die Babuschka sagt immer: Wenn du *mich* gern hast, Ljoscha, musst du auch *dich* gern haben. Nu, Karel, hat sie nicht recht? Wie kann ich hassen, was sie gern hat, hm?«

»Wenn man eine Babuschka hat«, sagte Karl, »sieht das alles anders aus.«

»Na, du hast doch die Frau gehabt, Karel, die Kinder –. Ist das weniger, als eine Babuschka ist?«

Karl hustete, er musste achtgeben, dass er sich nicht verschluckte. »Eine Babuschka, die versteht dich; aber eine Frau, Ljoscha, die liebt. Und Liebe, nichts als Liebe – das ist was Furchtbares.«

»Los, hüsta ihr Zossen!«, rief der Fahrer und trieb die Pferde an. Die setzten sich in Trab.

Aljoscha stöhnte.

»Fahr langsam«, sagte Karl auf Deutsch, so laut er konnte; »er hat den Bauch kaputt.«

»Herrje«, sagte der Fahrer, »ich dacht, du wärst auch bloß so n Hiwi.« Er ließ die Pferde wieder im Schritt gehen.

Eine Kette Leuchtspurgeschosse perlte über sie weg. Die Radachsen knarrten.

Aljoscha drehte den Kopf zu Karl hin. Im Mondlicht sah das Blutgerinnsel um dessen Mund und Kinn wie ein Bartgestrüpp aus.

»Wir fahrn jetzt zur Babuschka«, sagte Aljoscha, »weißt du das? Das Lazarett ist nur eine Station auf dem Weg zu ihr hin; nur ein Halteplatz, ja.«

»Was wird sie sagen«, fragte Karl, »wenn wir kommen? Wird sie sich die Hände an der Schürze abputzen, wenn sie dich sieht? Wird sie rausgerannt kommen? Wird sie sich freuen?«

»Pass auf«, sagte Aljoscha, »das ist so. Sie guckt aus dem Fenster, wenn der Wagen rasselt; sie hat ihn ja gehört, den Wagen, nicht? Goshpodin!, schreit sie, und nichts zu essen gemacht! Und rein wieder ins Haus mit dem Kopf und rennt auf ihren emsigen Beinen den Kellergang runter, die Sauermilch holen im Steintopf. Hier, sagt sie, und schneidet uns Brot ab und legt die Löffel neben den Borschtsch, esst das erst mal, Kinderchen, esst; ich mach euch was Bessres inzwischen. So sagt sie, siehst du, und steht keinen Augenblick still; keinen Augenblick, nein.«

»Aber sie wird dich doch erst mal fragen, wie dir's gegangen ist, nein?«

»Wird sie nicht. Warum denn? Bin ja da. Bin ja gesund. Lauf ja und ess ja, nicht? Gar nichts wird sie fragen. Schimpfen wird sie auf sich, schimpfen und lachen und wieder in den Keller laufen und zwei Stück Fleisch aus dem Pökelfass holen. Das ist von Mischa, weißt du, das Fleisch. Karel, ich sag dir, du, das war ein Schweinchen! Zwei Zentner hat es gehabt, das geliebte. Und sauber war es. Geputzt hat sie's immer, die Babka, geputzt und gewaschen. Hast du auch eins zu Hause?«

»Nein«, sagte Karl; »aber einen Hund hab ich mal gehabt.«

»Wie war der«, fragte Aljoscha; »groß? Hat er sie gebissen, die du nicht leiden konntest, hat er aufgepasst?«

»Einmal hat er mich selber gebissen«, sagte Karl. »Ich – ich hatte die Uniform an, weißt du; er konnte Uniformen nicht leiden.«

»Siehst du«, sagte Aljoscha: »wie die Babuschka. Die Babuschka hat immer gesagt: Es gibt Bauern, und es gibt Städter; es gibt Arbeiter, und es gibt Ingenieure, Aljoscha. Jeder hat sein Tuch und jeder hat seine Mütze; der Kleine eine kleine, der Dicke eine weite. Der Reiche hat eine Weste mit Silberknöpfen, und wir haben ein Sackhemd. So ist es vorgesehn, so ist es richtig. Aber, hat die Babuschka gesagt, aber, Aljoscha: wenn der Reiche ein braunes Tuch kriegt mit Blechknöpfen dran und der Arme ein braunes Tuch kriegt mit Blechknöpfen dran, was ist dann, Aljoscha? Weiß nicht, Babuschka, hab ich gesagt, sag's mir. Dann, hat die Babuschka gesagt, glaubt der Arme, dass er reich ist, und der Reiche, dass er arm ist; dann geht alles Gesetz kaputt, und niemand weiß mehr, wer der andre jetzt ist, weil sie doch alle jetzt gleich sind von außen. Weil doch der Faule so aussieht wie der Tüchtige jetzt, und der Gute so wie der Böse, Aljoscha.«

Und der Mörder wie der Gemordete, und der Feige wie der Tapfere, dachte Karl. »Ja«, sagte er, »da hat die Babuschka wieder was Richtiges gesagt.«

»Nicht?«, sagte Aljoscha; »ja, so was hat sie gewusst. Nicht, dass sie klug wäre, die Liebe. Nein, gut ist sie; gut, weißt du.«

»Und wer gut ist«, fragte Karl mühsam, »der weiß so was alles?«

»Was.«

»Was richtig ist. Was man tun muss.«

»Nu«, sagte Aljoscha, »was fragst du.«

Ja, dachte Karl; was frag ich. Er sagte: »Ob die Babuschka auch gewusst hätte, was man tun muss, wenn es hinter einem her ist?«

»Wer«, fragte Aljoscha; »wer ist hinter dir her?«

»Das Nichts«, sagte Karl.

Im Osten blitzten Mündungsfeuer auf; Sekunden später zuckte der Abschussknall über sie hinweg.

»Der Iwan«, sagte Aljoscha.

Karl hielt die Augen geschlossen. Wenn er bloß nicht vor mir stirbt, dachte er; wenn er bloß nicht vor mir stirbt.

»Das Nichts –?«, fragte Aljoscha und sah zu Karl hin. Was er für Blut verliert, dachte er.

Karl nickte.

»Was ist das.«

»Wenn ich's wüsste, würd ich nicht vor ihm wegrennen.«

»Du rennst vor was weg, das du nicht kennst?«

»Ja«, keuchte Karl; »denk mal.«

»Das versteh ich nicht.«

»Hör zu«, sagte Karl, ohne die Augen zu öffnen; »warum lebst du, Aljoscha?« Er hustete.

Aljoscha überlegte. »Weil – weil es die Babuschka jetzt allein auch nicht immer so schafft. Dann der Acker –, das Sonnenblumenfeld –; oder das Haus gar, die Risse im Lehm: wer soll die heil machen, was? Na, und die Kuh erst, die Hühner – was soll denn mit denen sein, hm? Soll die *Babka* vielleicht im Winter das Futter stehlen auf der Kolchose –?«

»Nein«, sagte Karl, »sicher nicht.« Er versuchte sich etwas aufzurichten. »Und weißt du, warum *ich* lebe?« Ein Hustenanfall warf ihn wieder zurück.

»Na?«, fragte Aljoscha. Er weiß es nicht, dachte er; goshpodin, er weiß es nicht.

Karl schwieg; sein Atem rasselte.

Lauter Bläschen, dachte Aljoscha, lauter rote Bläschen hat er vorm Mund. »Sieh mal«, sagte er bedächtig, »der Gregory, nicht, mein Bruder – ihr habt ihn vor Kremetschugg totgemacht –, der hat die Babuschka auch mal gefragt. Wie ist das, Babka, hat er gesagt, manchmal, wenn ich übers Feld gehe abends und hol die Lisaweta nach Hause, die Kuh, da frag ich mich so: und wenn du sie jetzt nicht holst, die Kuh, und dich hinlegst und einschläfst und nie wieder aufwachst, Gregory, was ist dann? Du weinst, hat er zur Babka gesagt, gut. Aber sonst –: was ist? Die Kuh geht allein nach Hause; und am Abend, Babuschka, hat er gesagt, am Abend, da machst du dem Ljoscha genauso seine Bratkartoffeln wie immer.«

Karl hob ächzend den Kopf. »Und –? Was hat ihm die Babka darauf gesagt?«

»Was sie ihm gesagt hat? Nu, hat sie gesagt, nu, Gregory, was soll ich dem Ljoscha auch keine Bratkartoffeln machen. Du bist tot; soll er hungern deswegen?«

»Weiter hat sie nichts gesagt?«

»Nein«, sagte Aljoscha, »weiter nichts.«

»Und was war«, fragte Karl angestrengt, »als der Gregory dann wirklich tot war?«

»Nichts«, sagte Aljoscha; sie hat die Ikone verhängt für zwei Tage, und am Mittag sind wir aufs Feld gegangen.«

Sie fuhren über eine Wiese. Schlamm saugte sich in den Radspeichen fest; Kiebitze kreischten. Ein Brachvogel pfiff.

Sie hat die Ikone verhängt für zwei Tage, und am Mittag sind sie aufs Feld gegangen, dachte Karl. Was, der Gregory tot? Nu ja. Komm, Ljoscha, wir müssen die Kartoffeln noch häufeln. Er lächelte.

»Was ist?«, fragte Aljoscha, der ihn angesehen hatte.

»Ich freu mich«, sagte Karl; »kannst du dir das vorstellen: Ich freu mich.«

Der Wagen hielt. Weiter vorn war ein anderer in einen Graben gefahren. »Hoooo-ruck!«, riefen ein paar Stimmen zugleich; »hooo-ruck!« Die Pferde schüttelten sich. Das Geschirr klatschte auf die schweißigen Leiber; die dampften.

»Auf die Babuschka, ja?«, fragte Aljoscha; »auf die Babuschka freust du dich, Karel?«

»Ja«, sagte Karl; »ich freu mich, dass wir zusammen zur Babuschka fahren.« So kann man's auch nennen, dachte er.

Und er fragte: »Wie liegt euer Haus? Am Rand vom Dorf oder mittendrin? Stehn Bäume davor? Pappeln vielleicht?«

»Was ist«, fragte Aljoscha und stützte sich etwas auf; »warum sprichst du so leise?«

»Ich sprech doch nicht leise«, flüsterte Karl; »hör doch, ich sprech ja ganz laut.« Er lächelte wieder; die Augen hielt er geschlossen. Das Haus, dachte er, das Haus der Babuschka. Wetten, dass Sonnenblumen davorstehn? »Stehn Sonnenblumen davor«, fragte er; »ja?«

»Nein«, sagte Aljoscha, »Mais; für die Kuh, weißt du. Das heißt, die Kolben essen wir selber.«

»Hüh!«, rief der Kutscher. Sie fuhren wieder.

»Melkt sie selber?«, fragte Karl.

»Was –?«, fragte Aljoscha und beugte sich über ihn.

Er versteht mich nicht, dachte Karl. »Natürlich melkt sie selber«, sagte er; »nicht, Ljoscha?«

Aljoscha hatte Schmerzen; aber er spürte sie nicht. Er sah Karl ins Gesicht, er schluckte. »Es – es sind nur ein paar Häuser«, sagte er stockend und brachte den Mund dicht an Karls Ohr; »fünf oder sechs, weißt du. Wir liegen ganz außen; wenn du vom Westen kommst, vom Wald her, weit links; an den Pappeln; ja, an der Pappelgruppe. Viel Sand; aber guter Kartoffelboden. Auch Roggen kommt leidlich; manchmal auch Mohn. Hörst du mich noch –?«

Karl bewegte die Lippen. Er lächelte.

Aljoscha hielt sein Ohr über Karls Mund. »Ist es weiß«, flüsterte Karl; »ja, Ljoscha? Ganz weiß, das Haus mit der Babuschka drin?«

Es ist braun, dachte Aljoscha, rissig und braun. »Ja, es ist weiß«, sagte er. »Es leuchtet wie ein Segel mittags, wie eine Wolke, Karel.«

»Und der Stall«, flüsterte Karl, »der Stall mit den Tieren drin; erzähl, wie es im Stall aussieht, ja?«

Aljoscha biss sich auf die Lippen. Das blutet und blutet aus seinem Mund, dachte er, und hört nicht auf. »Wenn man reinkommt«, sagte er heiser, »wenn man reinkommt, ist rechts gleich die Bucht für das Schwein; da stapeln wir Brennholz. Oben drüber liegt die Stange für die Hühner. Vier Stück haben wir; eins hat der Habicht geholt. Und links, links steht die Kuh, die Lisaweta; vier Liter gibt sie am Tag; vier, ja. Manchmal auch nur zwei oder einen; manchmal auch gar nichts; wie die Weide ist, je nachdem.«

Die Wiesen, durch die sie fuhren, waren mit Tümpeln durchsetzt; Nebel stieg aus ihnen, Frösche quarrten.

Karls Kopf war seitlich auf die Schulter gesunken. Aljoschas Wange lag dicht neben Karls Mund; der Atemhauch, der sie traf, hätte von einem Falterflügel herrühren können.

»Über den Hühnern«, sagte Aljoscha gepresst und schmeckte das Salz seiner Tränen, »über den Hühnern liegen Kiefernstangen, frisch geschälte. Da kommt im Herbst das Winterheu drauf. Von außen ist der Stall noch mal mit Holz verschalt; innen sind die Wände aus Weidengeflecht und aus Lehm; aber gekalkt: weiß; das haben sie gern, die Tiere.«

»Aljoscha«, sagte Karl plötzlich laut, »das Mohnfeld, das Mohnfeld –«

»Was?«, fragte Aljoscha. »Warum sprichst du nicht russisch?«

Karl schwieg.

Aljoscha beugte sich über sein Gesicht. Den Mund konnte er wegen des Bluts nicht erkennen. Aber die Augen. Sie waren starr. »Was denn für n Mohnfeld?«, fragte der Fahrer und drehte sich um.

Aljoscha zitterte. Er hatte wahnsinnige Angst, der Fahrer könnte merken, dass Karl gestorben wäre und würde ihn abladen.

»Manchmal haben wir auch ein Lamm aufgezogen«, sagte Aljoscha laut zu dem toten Karl und starrte auf den Rücken des Fahrers; »so ein krausliges, weißt du. Wenn es ein Schaf war, so ein richtiges, haben wir es geschoren. Gab allerhand

Wolle. Die haben wir eingetauscht auf dem Kolchos; gegen fertiges Leinen. Hat die Babka Hemden gemacht draus, auch mal ein Betttuch.«

Der Fahrer bewegte sich.

»Den Flachs allerdings«, sagte Aljoscha noch lauter und fing wieder an zu zittern, »den Flachs hat sie selber gesponnen; abends vorm Haus meist. Wenn der Mond schien, auch nachts noch. Ich hab daneben gesessen und Löffel geschnitzt oder so was.«

Als der Fahrer auf der Bank vorn zusammengesackt war und zu schnarchen begann, hörte Aljoscha auf zu reden. Er hatte sich schon vorher mehrmals unterbrochen, hatte den Kopf gehoben und sich umgesehen; die Gegend kam ihm bekannt vor. Wenn er nur diese irrsinnigen Schmerzen in den Eingeweiden nicht gehabt hätte; so kriegte er nur immer den Kopf etwas hoch; sobald er die Ellenbogen dazunehmen wollte, hätte er aufschreien können vor Qual.

Aber dann erkannte er es doch; an einer Baumgruppe sah er es: Pappeln; und dahinter lagen die Häuser; fünf oder sechs, graubraun, strohgedeckt und aus Lehm: Er war da. Dort drüben, links zum Wald hin, das letzte mit dem Holzstall daneben, das war es – das Haus, in dem die Babuschka wohnte.

»Pass auf«, sagte Aljoscha zu Karl, »pass auf jetzt, da ist es.« Er lachte vor Freude. Er richtete sich auf ohne den geringsten Schmerz. »Langsam, Pferdchen, langsam«, sagte er und half Karl sich hochzustützen. »So«, sagte er, »geht's?«

Karl setzte sich auf. »Natürlich geht's. Wo ist es«, fragte er.

»Da«, sagte Aljoscha, »zum Wald hin; das linke.«

»Braun?«, fragte Karl; »du hast doch gesagt, dass es weiß wär.«

»Ist es auch«, sagte Aljoscha; »das täuscht. Aber komm jetzt.«

Er schwang sich vom Wagen.

Karl folgte ihm.

»Nu –?«, sagte Aljoscha.

Sie standen einen Augenblick still und lauschten auf das leiser werdende Wagengerumpel.

In Aljoschas Schläfen summte das Blut; ein Messer bohrte sich in seine Eingeweide. Er taumelte. Dann packte er Karls Handgelenk. »Komm«, keuchte er, »komm, Karel.«

Aber Karl war zu müde; er blieb stehen.

Da lief Aljoscha allein. Er lief geradewegs auf die Lehmkate zu, auf die linke, auf die mit dem Holzstall daneben.

Auch die Pferde waren müde. Die Deichsel des letzten Wagens krachte dem vorderen in die Rückwand.

Der Fahrer fuhr hoch. »Was ist los?«, fragte er.

»Idiot«, sagte der vorletzte, »Pinkelpause.«

Der andere sprang ab und ließ Wasser am Hinterrad. »Na«, sagte er dabei zu Aljoscha und Karl, »na, ihr beiden –? Fritze!«, rief er dann, »komm mal her.«

»Wo brennt's denn?«, fragte der Zweite.

»Sieh dir mal die beiden hier an.«

Der andere sah über die Rückwand weg: »Die Fuhre hättst du dir sparen können.«

(1949)

Auf der Flucht

Der Mann hatte einen Bart und war schon etwas älter; *zu* alt fast für die Frau. Und dann war auch noch das Kind da, ein ganz kleines. Das schrie dauernd, denn es hatte Hunger. Auch die Frau hatte Hunger. Aber sie war still, und wenn der Mann zu ihr hinsah, dann lächelte sie; oder sie versuchte es doch wenigstens. Der Mann hatte auch Hunger.

Sie wussten nicht, wohin sie wollten; sie wussten nur, sie konnten in ihrer Heimat nicht bleiben, sie war zerstört.

Sie liefen durch Wald, durch Kiefern. In denen knisterte es. Sonst war es still. Beeren oder Pilze gab es nicht; die hatte die Sonne verbrannt. Über den Schneisen flackerte Hitze. Das bisschen Wind wehte nur oben. Es war für den Bussard gut; Reh und Hase lagen hechelnd im Farn.

»Kannst du noch?«, fragte der Mann.

Die Frau blieb stehen. »Nein«, sagte sie.

Sie setzten sich.

Die Kiefern waren mit langsam wandernden Raupen bedeckt. Blieb der Wind weg, hörte man sie die Nadeln raspeln. Das knisterte so; und es rieselte auch: Nadelstücke und Kot, wie Regen.

»Nonnen«, sagte der Mann; »sie fressen den Wald auf.«

»Wo sind die Vögel?«, fragte die Frau.

»Ich weiß nicht«, sagte der Mann; »ich glaube, es gibt keine Vögel mehr.«

Die Frau legte das Kind an die Brust. Doch die Brust war leer. Da schrie das Kind wieder.

Der Mann schluckte. Als das Kind anfing, heiser zu werden, stand er auf. Er sagte: »Es geht so nicht länger.«

»Nein«, sagte die Frau. Sie versuchte zu lächeln, es gelang ihr nicht.

»Ich hol was zu essen«, sagte der Mann.

»Woher«, fragte sie.
»Lass mich nur machen«, sagte er.
Dann ging er.

Er ging durch den sterbenden Wald. Er schnitt Zeichen ein in die Bäume.

Er kam an eine Sandrinne. Die war ein Bach gewesen. Er lief über einen schwarz staubenden Platz. Der war eine Wiese gewesen. Er lief zwei Stunden. Dann fing die Sandheide an. Auf einem Stein lag eine Kreuzotter; sie war verdorrt. Das Heidekraut staubte.

Später kam er an einen unbestellten Acker. Darauf auch in ein Dorf; das war tot.

Der Mann setzte sich auf eine Wagendeichsel. Er schlief ein. Im Schlaf fiel er herunter. Als er aufwachte, hatte er Durst; sein Gaumen brannte.

Er stand auf. Er taumelte in ein Haus. In dem Haus war es kahl. Die Schublade war aus dem Tisch gerissen und lag auf der Erde. Die Töpfe waren zerschlagen; auch die Fenster. Auf der Ofenbank lag ein Tuch. In das Tuch war ein halbes Brot eingebunden; es war hart.

Der Mann nahm es und ging. In den andern Häusern fand er nichts; auch kein Wasser. In den Brunnen lag Aas.

Von dem Brot wagte er nichts abzubrechen. Er wollte es der Frau aufheben. Feldfrüchte fand er nicht. Auch Tiere gab es nicht mehr; nur tote Katzen, einige Hühner. Sie westen.

Ein Gewitter hing in der Luft.

Auf dem Feld zertrat der Mann eine Eidechse. Sie zerfiel in Staub.

Es donnerte. Vor dem Wald standen Glutwände.

Er ging vornübergebeugt. Das Brot trug er unter dem Arm. Schweiß troff ihm in den Bart. Seine Fußsohlen brannten. Er lief schneller. Er kniff die Augen zusammen. Er sah in den Himmel.

Der Himmel war schweflig; es blitzte. Nachtwolken kamen. Die Sonne verschwand.

Der Mann lief schneller. Er hatte das Brot in den Hemdausschnitt geschoben, er presste die Ellenbogen dagegen.

Wind kam. Tropfen fielen. Sie knallten wie Erbsen auf den dörrenden Boden.

Der Mann rannte. Das Brot, dachte er, das Brot.

Aber der Regen war schneller. Weit vor dem Wald noch holte er den Mann ein.

Blitze zerrissen den Himmel. Es goss.

Der Mann drückte die Arme gegen das Brot. Es klebte. Der Mann fluchte. Doch der Regen nahm zu. Der Wald vorn und das Dorf hinten waren wie weggewischt. Dunstfahnen flappten über die Heide. In den Sand gruben sich Bäche.

Der Mann blieb stehen; er keuchte. Er stand vornübergebeugt. Das Brot hing ihm im Hemd, unter der Brust. Er wagte nicht, es anzufassen. Es war weich; es trieb auf; es blätterte ab.

Er dachte an die Frau, an das Kind. Er knirschte mit den Zähnen. Er verkrampfte die Hände. Die Oberarme presste er eng an den Leib. So glaubte er, das Brot besser schützen zu können.

Ich muss mich mehr über es beugen, dachte er; ich muss ihm ein Dach machen mit meiner Brust. Er darf es mir nicht schlucken, der Regen; er darf nicht. Er kniete sich hin. Er neigte sich über die Knie. Der Regen rauschte; nicht zehn Schritte weit konnte man sehen.

Der Mann legte die Hände auf den Rücken. Dann beugte er die Stirn in den Sand. Er sah sich in den Halsausschnitt. Er sah das Brot. Es war fleckig; es bröckelte; es sah aus wie ein Schwamm. Ich werde warten, dachte der Mann. So werde ich warten, bis es vorbei ist.

Er wusste: Er log; keine fünf Minuten hielt das Brot mehr zusammen. Dann würde es sich auflösen, würde wegfließen; vor seinen Augen.

Er sah, wie ihm der Regen um die Rippen herumfloss. Auch unter den Achseln schossen zwei Bäche hervor. Alles spülte über das Brot hin, sickerte in es ein, nagte an ihm. Was abtropfte, war trüb, und Krümel schwammen darin.

Eben noch war es geschwollen, das Brot, jetzt nahm es ab; Stück um Stück, und zerrann.

Da begriff er; Frau hin, Frau her; er hatte die Wahl jetzt: entweder es sich auflösen zu lassen oder es selber zu essen.

Er dachte: »Wenn ich es nicht esse, geht es kaputt, ich bleibe schlapp, und wir gehen alle drei vor die Hunde. Ess ich es aber, bin wenigstens *ich* wieder bei Kräften.«

Er sagte es laut, er *musste* es laut sagen; wegen der andern Stimme in ihm, wegen der leisen.

Er sah nicht den Himmel, der im Westen aufhellte. Er gab nicht acht auf den Regen, der nachließ. Er sah auf das Brot.

Hunger, dachte es in ihm, Hunger. Und: Brot, dachte es, Brot. Da tat er's.

Er ergriff es mit beiden Händen. Er drückte es zu einer Kugel zusammen. Er presste das Wasser heraus. Er biss hinein; er schlang; er schluckte: Kniend, würgend; ein Tier. So aß er es auf. Seine Finger krallten sich in die Heide, in den nassen Sand. Die Augen hielt er geschlossen. Dann fiel er um. Seine Schultern zuckten.

Als er auftaumelte, knirschte ihm Sand zwischen den Zähnen. Er fuhr sich über die Augen. Er blinzelte. Er starrte in den Himmel. Sonne brach durch das Grau. Die Regenfahnen hatten sich in Dunst aufgelöst. Ein paar Tropfen noch, dann war es vorüber, der Guss. Helles Blau; die Nässe verdampfte.

Der Mann stolperte weiter. Die Handgelenke schlenkerten ihm gegen die Hüften. Das Kinn lag auf der Brust.

Am Waldrand lehnte er sich an eine Kiefer. Von weither war der Regenruf des Buchfinken zu hören; auch ein Kuckuck schrie kurz.

Der Mann suchte die Zeichen an den Bäumen; er tastete

sich zurück. Im Farn und im Blaubeerkraut gleißten die Tropfen. Die Luft war dick vor Schwüle und Dampf.

Den Nonnen war das Gewitter gut bekommen; sie wanderten schneller die Stämme hinauf.

Der Mann machte oft halt. Er fühlte sich schwächer als auf dem Herweg. Sein Herz, seine Lunge bedrängten ihn. Und Stimmen; die vor allem.

Er lief noch einmal drei Stunden; die Rastpausen eingerechnet. Dann sah er sie sitzen; sie hatte den Oberkörper an eine Kiefer gelehnt, das Kind lag ihr im Schoß.

Er ging auf sie zu.

Sie lächelte. »Schön, dass du da bist.«

»Ich habe nichts gefunden«, sagte der Mann. Er setzte sich.

»Das macht nichts«, sagte die Frau. Sie wandte sich ab.

Wie grau sie aussieht, dachte der Mann.

»Du siehst elend aus«, sagte die Frau. »Versuch, ein bisschen zu schlafen.«

Er streckte sich aus. »Was ist mit dem Kind; warum ist es so still?«

»Es ist müde«, sagte die Frau.

Der Atem des Mannes fing an, regelmäßig zu gehen. »Schläfst du?«, fragte die Frau.

Der Mann schwieg. Nur die Nonnen raspelten jetzt.

Als er aufwachte, hatte die Frau sich auch hingelegt; sie sah in den Himmel.

Das Kind lag neben ihr, sie hatte es in ihre Bluse gewickelt.

»Was ist«, fragte der Mann.

Die Frau rührte sich nicht. »Es ist tot«, sagte sie.

Der Mann fuhr auf. »Tot?«, sagte er; »tot –?!«

»Es ist gestorben, während du schliefst«, sagte die Frau.

»Warum hast du mich nicht geweckt?«

»Warum sollte ich dich wecken?«, fragte die Frau.

(1948)

Das Haus am See

1

»Wer is n das«, fragte Trude und blinzelte.

Tobias legte den Quirl weg und hob die Hand über die Augen.

»Mamme!«, rief Güssel vom Pflaumenbaum runter, »kucke, wer da angesaust kommt: der Grüne mit seiner Glatze!«

»Biste verrückt«, sagte Trude. »Deshalb brauchste doch nich gleich so zu schrein.« Sie gähnte und klappte ihr Buch zu. DER SCHATZ UNTERM SCHIENENSTRANG stand auf dem Deckel.

»Tob, was will n der hier.«

»Der schwitzt«, sagte Pit. »der is im Dienst, wenn er schwitzt.«

»Tatsache«, sagte Trude, »der kommt *wirklich* zu uns.«

»Der kommt heut zu jedem.« Tobias hielt den frisch geschnitzten Quirl gegen die Sonne und kniff prüfend die Augen zusammen.

»Nanu«, sagte Trude; »also, das versteh ich nicht. Wieso kommt n der heut zu jedem. Woher willst n das wissen.«

Der Gendarm hielt auf seinem Fahrrad am Gartentor. Er klingelte heftig.

»He, hallo!«, rief er; »na, hört ihr denn nich?!«

»Woher ich das weiß?«, fragte Tobias. »Na, haste denn nich den Anschlag gelesen im Dorf?«

»Nee«, sagte Trude; »Güssel hat Milch geholt. Aber was n für n Anschlag, Tob, hm?«

»So n roter. Am Spritzenhaus klebt er. *Aufruf* steht drüber.«

Tobias legte das Messer weg und nahm das Schmirgelpapier vom Tisch. »Wird der sauberste Quirl, den de jemals von mir gekriegt hast.«

Der Gendarm kam den Gartenweg entlang. Er hatte den Helm unter den Ellenbogen geklemmt; sein kahler Kopf glänzte.

Trude beugte sich über die Geranien weg, um den Gendarm besser sehen zu können. »*Aufruf*, sagste? Und rot? Wieso denn rot?«

»Mit Ohren«, sagte der Gendarm, »arbeitet ihr hier wohl gar nich mehr, nee?«

Er stand jetzt vor der Veranda. Pit, einen angebissenen Apfel in der Hand, sah kauend an ihm empor.

»Wisch dir mal die Nase«, sagte Trude; »wie sieht n das aus.«

»Wenn ich doch kein Taschentuch hab.«

»Mamme!«, schrie Güssel vom Pflaumenbaum runter, »in die Regentonne hat er's geschmissen!«

»Petzliese!«, schrie Pit.

Tobias bearbeitete den Quirlstiel mit dem Schmirgelpapier. »Wieso rot, fragste?« Er blies sich den Holzstaub von den Fingern.

»Na, von wegen dem Auffalln. Solln se doch sehn, die Leute, dass da was klebt, nich. Weiß, da kuckt doch keiner nach hin. Weiß is s Inventarverzeichnis vom Spritzenhaus auch; na, und liest das vielleicht einer?«

»Nee«, sagte Trude; »haste recht.«

Der Gendarm hatte seinen Helm wieder aufgestülpt. Er fuhr sich mit dem Zeigefinger zwischen Hals und Kragen herum; er räusperte sich. »Ich hätt n Schreiben«, sagte er dann. »Dienstlich.«

»n Schreiben hätt er«, echote Pit.

Tobias stand auf und reckte sich ächzend. »So; fertig, Trudchen. Da haste das Ding.«

»Hübsch is der«, sagte Trude und drehte den Quirl hin und her; »wirklich Tob, haste prima gemacht.«

»Also, was is nu.« Der Gendarm hielt ungeduldig den Brief hoch. »Nimmste den Schrieb jetzt oder nimmste n nich.«

»Wasch dir mal die Hände, Pit«, sagte Trude.

»Och, schon –«

»Is n Schreiben vom Ortskommandanten«, sagte der Gendarm.

»n *Befehl*, willste sagen.« Tobias setzte sich wieder.

»Wegen mir auch n Befehl.«

Trude band sich die Schürze um. »Also, ich gieß die Kartoffeln jetzt ab. Hopp, komm runter, Güssel; kannst Mamme pelln helfen.«

Güssel maulte.

»Sollste das«, sagte Tobias.

Trude ging in die Küche.

Der Gendarm nahm wieder den Helm ab und wischte mit dem Ärmelaufschlag drin herum. Er schluckte.

»Pit, hat Mamme dir nich gesagt, möchtst dir die Hände waschen?«

»Und Güssel –? Die brauch wieder nich, hö?«

»Sollst nich immer hö sagen. Güssel, los, runter; nu mach.«

»Komm ja schon.« Güssel plumpste zu Boden.

Der Gendarm hatte seinen Helm wieder aufgesetzt. Er wollte etwas sagen, doch er bekam keine Luft.

»Da haut er ab«, sagte Pit.

Das Gartentor knarrte.

Tobias hob blinzelnd den Kopf. Gerade schwang der Gendarm sich aufs Fahrrad.

Tobias ging in die Küche und setzte sich. Ein Berg frisch geschälter Kartoffeln lag auf seinem Teller. Trude und Güssel pellten; Pit rauschte im Bad.

»Mhmmm –: Kohlrouladen, Trudchen; stimmts?«

»Stimmt«, sagte Trude. »Pit, wo bleibste denn nu!«

»Ja doch!«, schrie Pit.

»Ob ich heute die Reusen nachseh?« Tobias nahm Trude die Schüssel ab und tat sich auf.

»Und der Schrieb –?«, fragte Trude.

»Mist!« Güssel ließ die Kartoffel fallen und blies sich auf die Hände.

»Mist sagt man in dem Zusammenhang nich.« Tobias stach ihr die Kartoffel vom Teller und schälte sie zu Ende. »Der Schrieb –? Ach so.«

»Mag n dringestanden haben, hm.«

»Stand drin, dass der Landsturm jetzt ran soll.«

Pit kam aus dem Badezimmer und krempelte sich umständlich die Ärmel runter. »Na, die zeigen's den Burschen dann aber; was, Pap?« Er setzte sich schmatzend.

»Aber *du* doch nicht, Tob.«

Tobias hob die Schultern. »Diesmal solln's alle sein. Jedes Dorf, sagen se, soll sich verteidigen.«

»Güssel«, sagte Pit, »tuste mir auch mal so n Fußlappen auf?«

»*Wie* war das«, fragte Trude; »*was* haste da eben zu dem schönen Weißkohl gesagt?«

»Werd ich n zu dem schon gesagt ham; Weißkohl wahrscheinlich.«

»Der lügt wie s Radio«, sagte Güssel kauend.

»Radio«, sagte Tobias und tippte sich gegen die Stirn; »da fällt mir auch der Text wieder ein.«

»Was n für n Text«, fragte Trude.

»Na, der auf m Anschlag.«

Pit hörte auf zu essen. »Los; sag mal.«

»Los sagt man nicht zu sei'm Pap. Das heißt: bitte. Mamme, hab ich nicht recht?«

»Haste«, sagte Trude. »Nu sag schon, Tob; komm.«

Tobias zerdrückte die letzte Kartoffel auf seinem Teller; er seufzte. »*Angesichts des Ernstes der Lage sieht sich die Reichsregierung gezwungen* – So, in dem Stiebel.«

»Je, je«, sagte Trude.

»Pap.« Pit beugte sich über den Tisch. »Stimmts, dass se schon vor Paulinenstadt stehn?«

»Sitz grade«, sagte Tobias.

»Tob, und was jetzt?«

Tobias begann, sich die Pfeife zu stopfen. »Nu –. Mal abwarten, nich?«

2

Am Nachmittag, als Tobias auf dem See war mit Pit, die Reusen nachsehen, hörten sie den ersten Gefechtslärm.

»Is n das für n Krach, Pap.«

»Da liegt n Reusenkorken, pass auf.«

Pit steuerte hin. »Ich sag, was das für n Krach is.«

»Keine Ahnung.« Tobias hob die Reuse; sie war leer. »Kuck her: der Schleimring hier, der is von nem Aal. Durchgewitscht wieder; für den sind die Maschen zu weit.«

»Mensch, jetzt weiß ich's: die schießen!« Pit presste atemlos die Lippen zusammen.

»Du kannst nich mal n Augenblick stillsitzen, nee?« Tobias löste die Stöcke aus den Drahtreifen und bog behutsam die Krümmung heraus.

Plötzlich sprang Pit auf; Tobias, der die Reuse wusch, wäre fast vornübergekippt. »Da kommt Güssel!«, schrie er. »Hö, Güssel, was is?!«

»Sachte«, sagte Tobias. »Erst machste mal n Fischkasten zu. So. Und nu setzte dich hin.«

Er ruderte los.

Güssel lief aufgeregt hin und her; sie winkte.

»Wegen dem Schießen«, sagte Pit. »Wetten, dass se Schiss gekriegt hat?«

»Das heißt Angst«, sagte Tobias. »Schiss sagen bloß Leute, die zu feige zur Angst sind.«

Er stakte den Kahn noch ein Stück, dann knirschte der Kiel auf dem Sand.

Güssel schürzte den Rock und planschte durchs Schiff.

»Kinder, bin ich gerannt!«

Tobias half ihr rein und stieß den Kahn wieder ab.

»Weiber rennen immer, wenn's schießt«, sagte Pit.

»Mit dir redt überhaupt keiner.«

»Wenn ihr euch anstänkert, fliegt ihr raus.« Tobias ruderte zu der abgestorbenen Erle hin, die als Trockengestell diente.

»Gerannt biste? Wieso.«

»Na, weil sie warten zu Hause, dass de nu kommst.«

»Wer«, fragte Pit.

»Fünf Stück; aus m Dorf.«

»Haltet euch fest«, sagte Tobias; »ich häng die Reusen jetz auf.«

»Der Grüne mit bei?«

»Der auch.«

»Wer n noch.«

»Der Bürgermeister, der Lehrer, der Apotheker; und einer von der Feuerwehr.«

»Uniform an?«

»Bloß so ne Armbinden um; steht was mit Wind oder Sturm drauf.«

»Volkssturm, du Ei! Nicht mal lesen kannste.«

Tobias zog die Ruder ein und ließ den Kahn treiben.

Von den aufgehängten Reusen tropfte das Wasser ab. Die Sonne berührte im Westen den Wald.

Pit streckte sich ächzend im Kahn aus und sah in den Himmel. »Jetz is es weg.«

»Wer ist weg.«

»s Schießen, Mensch!«

»ne Himmelsziege«, sagte Tobias und hob den Pfeifenstiel hoch;

»Güssel, hast se gehört?«

»Das Schnarren da eben?«

»Nee; is der Haubentaucher gewesen. So n Meckern. Da, kucke: da kommt se!«

Die Bekassine torkelte im Zickzack über sie weg.
»Hübsch«, sagte Güssel.
»Still mal –!« Pit richtete sich auf.
Fern zerfetzten ein paar MG-Salven die Stille. Gewehrfeuer antwortete.
»Hört ihr? Nu geht's wieder los.«
»Der mit sei'm Geknalle!« Güssel verdrehte die Augen.
Tobias zog heftig an seiner Pfeife; eine steile Rauchsäule stieg sekundenlang aus ihr auf.
Güssel schnupperte. »Mhmmmm. Riech ich gern, deinen Knast. Pust mal ne Wolke von her.«
»Friedensware«, sagte Tobias. »Kriegste heute nicht mehr.«
Eine Brise kam auf, sie brachte Lärm und Kuhgebrüll mit aus dem Dorf.
Die Seefläche kräuselte sich. Nur im Windschatten hinter dem Kahn blieb das Wasser noch glatt.
Sie trieben langsam zum Schilfgürtel hin.
Pit lauschte angestrengt.
»Jetzt weiß ich, was ist: 's Vieh wird zusammengetrieben!«
Tobias blickte über den Pfeifenkopf weg zum Abendstern auf. Die Bekassine meckerte wieder.
»n Treck machen die, wenn ihr's genau wissen wollt«, sagte Pit vom Heck her; »die türmen!«
Zwei Krickenten stoben vorm Kahn auf; sie kreisten einmal über dem See und gingen dann schnatternd am jenseitigen Schilfgürtel nieder.
Das Schießen nahm zu. Der Lärm im Dorf flaute ab. Nur das Hundegebell blieb weiter zu hören.
»Wetten«, sagte Pit, »dass se heut *nich* schreit?«
»Ich sag, die schreit.«
Tobias ruderte sacht. »Die kommt; die is immer gekommen.«
Überm Luch stieg jetzt der Mond auf. Fern, am Waldrand, schluchzte der Sprosser.

Eine Weile kreuzten sie noch; dann stakte Tobias den Kahn zum Ufer und zog ihn an Land.

»Ich hau schon ab!« Pit warf sich den Sack mit den Fischen über die Schulter und rannte los.

Eine Wolke verdeckte den Mond; Pit war einen Moment lang verschwunden. Gerade da fing die Rohrdommel an.

»Na –, was hab ich gesagt?« Tobias blieb stehen.

»Wumbh«, rief die Rohrdommel jetzt. »Wumbh. Wumbh.« Es klang tief und dumpf; ganz so, als würde auf eine ertrunkene Pauke geschlagen.

Güssel nickte nach vorn. »Ob *er* se auch hört?«

»Bestimmt.«

Als die Wolke den Mond freigab, konnte man auch Pit wieder sehen. Er war ebenfalls stehen geblieben, er lauschte.

»Der meint s Schießen«, sagte Güssel; »der hört se gar nicht.«

Tobias nahm die Pfeife aus dem Mund. »He –«, rief er, »Pit!«

Pit drehte sich um. »Hö –?«

»Siehste«, sagte Güssel.

»Die Rohrdommel ruft!«

»Hör nichts!«, schrie Pit. Er rannte weiter. Der Sack auf seinem Rücken pendelte hin und her.

Sie folgten ihm langsam.

Das Gewehrfeuer fern nahm weiterhin zu.

Güssel räusperte sich. »Pap –«

»Hm.«

»War im Dorf heut.«

»Milch holen, ich weiß.«

»Mamme sagt, du wärst auch da gewesen.«

»Paar Schrauben besorgt. Am Schuppen is ne Türangel lose.«

»Hast se da *auch* gesehn?«

»Wen.«

»Na, im Spritzenhaus.«
»Nich reingekuckt, nee.«
»Sind Gewehre drin.«
»Ja –?«
»Pap –«
»Hm.«
»Kriegt jeder eins?«
»Nu –. Wer sich eins nimmt –«
»Und wer sich keins nimmt?«
»Der lässt's.«
»Geht n das.«
»Was.«
»Na, s lassen.«

Tobias blieb stehen und klopfte am Stiefelabsatz den Pfeifenkopf aus. »Warum *nich.*«

Grillen zirpten. Vom See scholl in regelmäßigen Abständen der Rohrdommelruf rüber; der Lärm im Dorf konnte ihn nicht übertönen.

Sie gingen weiter.

Güssel schluckte ein paar Mal. »*Alarmstufe drei* wär, ham se gesagt. Is n das, Pap? Was Schlimmes –?«

»Nicht für uns. Nur für die, die auf so Stufen auch raufgehn.«

Vor ihnen tauchte das Haus auf. Aus der Veranda fiel Licht; Trude hatte die Petroleumlampe ins Fenster gestellt.

Das Gartentor knarrte.

»Nanu«, sagte Tobias; »lief da nich eben was weg?«

»Nichts gesehn.«

»Los; saus mal vor.«

Ein Zettel war unter den Briefkastendeckel geklemmt. Vor dem Verandafenster strich Tobias ihn glatt.

Tob, las er, *die nehm mich mit. Jeder soll ein stelln für die panzer Sperre. Wieso du dich drükkst. Würdst schon sehn was du von hätst. Habt ihr denn das schießen nich gehört. Trude.*

Tobias faltete den Zettel zusammen und steckte ihn ein.

Dann stieg er die Verandatreppe hinauf.

Oben sah er sich um.

Eine angefangene Häkelarbeit lag auf dem Tisch; daneben, Rücken nach oben, Trudes Buch DER SCHATZ UNTERM SCHIENENSTRANG. Im Aschenbecher waren mehrere Zigarettenkippen ausgedrückt worden. Der Teppich unterm Tisch war zerknautscht.

Güssel kam atemlos aus der Küche gelaufen. »Weg!«, schrie sie.

»Aha«, sagte Tobias; »dann war er's.«

»Und Mamme –?«

»Die is ins Dorf.«

»Was n nu, Pap.«

»Nu machste erst mal vier Bratfische fertig. Aber anständig schuppen, haste gehört.«

»Wo gehst n hin.«

»Gleich wieder da.«

3

Tobias schlenderte über die Felder.

Die Nacht war lau. Vom Luch her hörte man Kiebitzgeschrei und den Brachvogelpfiff.

Hin und wieder blieb Tobias stehen und vergewisserte sich, ob die Rohrdommel noch schrie. Sie schrie noch.

Einmal wurde er angerufen. Zwei Männer einer Streife wuchsen vor ihm aus dem Boden. Sie fingerten an ihren Gewehren herum und hatten jeder eine Axt und ein Sensenblatt im Gürtel stecken.

»n Abend«, sagte Tobias.

»Ah, Tob! Mann, hast du uns erschreckt!«

Sie setzten sich wieder.

»n Lüftchen, was?« Tobias schnalzte mit den Fingern.

»Seide, Seide«, sagte der eine. »Haste gesehn, wie der Roggen kommt?«

»Ja«, nickte Tobias; »Menge Brot auf m Halm.«

»Schönes Brot«, sagte der andre; »bei Paulinenstadt sind se durch!«

Tobias setzte sich zu ihnen. »Prise Tabak gefällig?«

Sie stopften ihre Pfeifen.

»Jetz geht's«, sagte der eine; »jetz is Ruhe.«

»Ruhe is gut.« Der andre sog paffend die Streichholzflamme in seinen Pfeifenkopf hinein. »Auch wenn er Filzlatschen anhat, der Krieg: marschiern tut er doch.«

»Mmmmmmm –!«, machte der eine: »Als ging dir n Blumenbeet auf in der Lunge.«

»Friedensware«, sagte Tobias; »kriegste heute nich mehr.« Er erhob sich und lauschte.

»Was is n?«

»Nee –, da is se noch. Habt ihr Pit nich gesehn?«

»Pit –? Wie kommst n auf *den.*«

»Bloß so –. Also denn.« Tobias tippte an seinen Hut.

»Macht's gut.«

Im Dorf war überall Licht. Der Wind hatte wieder gedreht, daher hörte Tobias den Lärm erst, als er schon ziemlich nah dran war. Vor den Häusern standen mit Planen bespannte Leiterwagen.

Stroh und Bettzeug quoll zwischen den Sprossen hervor; Eimer, Wannen und Kochtöpfe baumelten seitlich herab. Die Pferde rumorten angeschirrt in den funzlig erleuchteten Ställen. Auf den Koppeln brüllte das Vieh. Heu und Getreide waren über die Straßen verstreut.

Vorm Spritzenhaus wurden die Gewehre verteilt und Munition ausgegeben. Überm Eingang zum Dorfkrug hing ein Schild, das war am Morgen noch nicht da gewesen. ORTSKOMMANDANTUR stand drauf, und zwei flackernde Glühbirnen rahmten es ein.

Tobias ging am Marktplatz vorbei, wo der Pfarrer den ausrangierten Trecker vom Ortsgruppenleiter anwarf, zum Spritzenhaus rüber und drängte sich durch die Menge nach vorn. Alle um ihn herum hatten Gewehre.

Jeder erhielt dreißig Schuss. Es war der Lehrer, der die Patronen verteilte. Er stand vorm grell erleuchteten Spritzenhaus-Innern und ließ sich vom Gemeindediener, der die Liste hatte, die Namen zurufen.

Als Tobias sich in die vorderste Reihe gezwängt hatte, sah er Pit. Pit saß mit ein paar andern Jungen zusammen auf einer Munitionskiste und zog die losen Patronen auf Ladestreifen.

»Nu is gut«, sagte Tobias, »*das* kannste jetz; komm.«

Pit maulte. »Immer wenn's Spaß macht –!«

»Moment mal.« Der Lehrer schob sich zwinkernd die Brille auf die Stirn. »Du haust hier einfach so mit ihm ab?«

»Genau«, sagte Tobias.

»Na, Mann, aber ich brauch n doch zum Patronenaufziehn!«

»Und ich brauch n zum Abendbrot.«

»Abendbrot –! Wer denkt n jetz noch an Abendbrot!«

»Ich«, sagte Tobias.

Sie gingen hinüber zum Krug.

Gerammelt voll war der Schankraum. Auch hier hatten alle Gewehre.

Auf die Tür zum Billardzimmer war mit Kreide das Wort ORTSKOMMANDANT gemalt worden. Tabaksqualm trübte die Sicht. Betrunkene sangen.

Tobias hob Pit auf die Schultern und arbeitete sich zur Theke hin vor.

Als er sie endlich erreicht hatte, lehnte der Bürgermeister am Schanktisch.

»Ach nee –«

»n Abend«, sagte Tobias. »n Helles.«

Der Wirt schob es ihm hin.

»Wir ham gut ne halbe Stunde gewartet –«, sagte der Bürgermeister.

»War auf m See.« Tobias wischte sich den Bierschaum vom Mund und reichte das Glas hoch zu Pit. »Mach Rest.«

»Ich hör immer See«, sagte der Bürgermeister.

»Da hörste richtig.«

»Mensch, is doch Krieg!«

»Was macht's n.«

»Freibier.« Der Wirt zuckte die Schultern.

»Na, was is: Fertig, da oben?«

»Moment«, sagte Pit. Er trank aus und reichte Tobias das Glas.

Der stellte es auf die Theke zurück. »n Abend, allerseits.«

»He –!«, rief der Bürgermeister ihm nach; »wo hast n überhaupt dein Gewehr?«

Tobias blieb stehen. »Ich bin Fischer.«

»Na und –?«

»Eben«, sagte Tobias: *»nichts* und.«

Draußen ließ er Pit wieder zur Erde. »So. Nu Mamme noch; komm.«

Sie liefen zum Ortsausgang.

Die Panzersperre bestand aus drei Reihen gestaffelt hintereinander in den Boden gerammter Kiefernstämme, die schräg nach Osten wiesen und oben angespitzt waren. In die Zwischenräume hatte man Gerümpel und die herausgerissenen Pflastersteine geworfen.

Davor schippten die Frauen im Graben.

Auf den Erdwällen rings standen Posten.

Fern schoss es auch wieder; hier am Dorfrand hörte man es deutlicher jetzt.

Die Frauen arbeiteten schweigend; gut sechzig mochten es sein.

»Wart hier«, sagte Tobias; »gleich wirste gebraucht.«

Er stieg über den Erdwall und sprang in den Graben.

»Machst n da?«, schrie einer der Posten.

»Deine hier auch bei –?«, fragte Tobias.

»Nee.«

»Aber meine.«

Er lief langsam die Doppelreihe der Schippenden entlang.

»Haste Trudchen gesehn, Anna?«

»Trude –? Hallo, Trude! Tob ist da!«

»Je, je!« Trude sah auf. »Is wahr?«

»Ja«, sagte Tobias. »Und nu stell das Ding weg und komm.«

»Na, aber der Bürgermeister –«

»Mit wem biste verheirat: mit m Bürgermeister oder mit mir?«

Tobias ging vor.

Trude ließ die Schippe fallen und rannte ihm nach.

»Pit –!«

»Hier, Pap.«

»Hopp, hilf Mamme mal rauf.«

»Is verboten«, sagte der Posten; »Mann, hörste denn schwer.«

Pit kniete sich hin. »Los, Mamme; fass an.«

»Hast se, Pit?«

»Augenblick. Jetz – ja.«

»Denn zieh.« Tobias hob Trude hoch. »So. Nu mich noch.«

Sie bückten sich und zogen ihn rauf.

»Da steht einer«, flüsterte Trude.

»Is der Posten«, sagte Tobias. Er klopfte seine Pfeife am Stiefelabsatz aus und stopfte sie neu. »Auch ne Prise gefällig?«

Der Posten sah schweigend an ihm vorbei.

Sie liefen um das Dorf herum. Der Lärm drin war abgeflaut. Das ferne Schießen schwoll an zum Geprassel.

»Je, je«, sagte Trude.

Pit blickte an Tobias empor. Der rauchte.

»Eigentlich wollt ich gar nich«, sagte Trude. »Aber denn warn se so wütend, na, und da –«

»Momentchen mal eben.«

Tobias blieb stehen und hob den Pfeifenstiel hoch.

»Na –?«

»Schießt«, sagte Pit.

»Trudchen, hörst *du* se wenigstens?«

»Ich –? Wen.«

»Wen wohl –!“, sagte Tobias.

Sie liefen weiter.

Frösche quarrten. Grillen zirpten. Einmal segelte lautlos ein Ziegenmelker über sie hin. Von den Mergelgruben herüber ertönte Unkengeläut.

»Sollteste nich machen«, sagte Tobias; »einfach so wegrennen –«

»Wenn se aber doch sagen, ich muss!«

»Man muss nich, Trudchen.«

»Was das schießt!«, sagte Trude; »je, je! n ganzen Abend schießt das schon so.«

Ein blechernes Trompetensignal stieg überm Dorf auf.

Pit lauschte. »Die sammeln; wetten?«

»Fass n mal an«, sagte Tobias; »hier kommt Sturzacker nu.«

Trude nahm Pit an die Hand.

Bald sahen sie rechts auch den Nebel aufsteigen vom See und weiter links das Petroleumlampenlicht auf der Veranda. Das Froschkonzert wurde lauter. Man hörte Entenflügel sirren; manchmal schnarrte der Haubentaucher oder planschte ein Blesshuhn im Schilf. Dazwischen fielen in regelmäßigen Abständen die wattierten Paukenschläge des Rohrdommelrufs.

Trude schnupperte plötzlich. »Tob, nach was riecht n das hier.«

Tobias fächelte die Tabakrauchwolke vor seinem Gesicht weg und sog prüfend die Luft ein. »Bratfisch«, sagte er dann.

»Moment, Mamme: lass mal los.« Pit steckte zwei Finger in den Mund und pfiff gellend.

Das Verandafenster ging auf, und der Pfiff kam zurück.

Pit rannte hin.

Als das Gartentor knarrte, blieb Tobias noch mal stehen.

»Jetzt hörst se doch; oder –?«

»Ach, *die* –!«, sagte Trude. »Je, je; die schreit nu wieder die ganze Nacht.«

4

Am nächsten Morgen war das Gewehrfeuer so nah, dass man es, wenn der Hahn nicht gerade krähte, durch die geschlossenen Läden hindurch hörte. Es war auch heftiger jetzt, es riss gar nicht mehr ab. Tobias stand auf wie immer. Er rasierte sich und ging in den Garten. Hier schloss er den Schlauch an und begann zu sprengen.

Es schien heiß zu werden; obwohl die Sonne keine drei Stunden alt war, zog sie schon Wasser wie mittags.

Über dem Dorf und weiter westwärts, entlang der Chaussee, stand unbeweglich eine riesige Staubfahne. Man hörte Rinder brüllen, Treckermotoren aufheulen, das Knarren von Radachsen und heisere Schreie.

Zur aufsteigenden Sonne hin war die Sicht klarer. Über die Wiesen und über das Luch weg, wo sich die Kiebitze balgten, sah man fern, weit auseinandergezogen, vom Horizontrand her, eine endlose Kette schwarzer Punkte sich nähern, die immer deutlicher die Umrisse von Menschen annahmen, die Stöcke oder etwas Ähnliches trugen.

Zum Wald hin schob eine andre Gruppe sich vor, nur sehr viel ungeordneter und schneller als jene. Überall hingen Lerchen in der Luft, der Milan kreiste über m See, und auf dem Gartenzaun hockte leuchtend ein Goldammernschwarm.

In der Küche klapperte Trude mit dem Geschirr.

Güssel kramte, nach dem Gegacker der Hennen zu urteilen, bereits im Hühnerstall rum.

Als Pit in die Küche kam, hob Trude gerade den Topf vom Herd; das Bollern des Grießbreis erstarb, und das Schießen kam ihr auf einmal doppelt laut vor.

»Hörst se, Mamme?« Pit beugte sich weit aus dem Fenster. »Jetz kannst se schon ganz deutlich sehn!«

Draußen kam Güssel aus dem Hühnerstall gekrochen; den Henkelkorb hielt sie zwischen den Zähnen.

»Wie viel sind's n?«, fragte Trude.

»Pfui Deubel –!« Güssel wischte sich im Knien die Hände am Rasen ab. »Alles voll Kacke. Versteh nich, Mamme.«

»Wie viel s sind!«

»Mindestens drei Kompanien«, sagte Pit.

»Quatschkopp. Eier; nich, Mamme.«

»Na, dachtest n du?«

»Acht Stück«, sagte Güssel und kam die Verandatreppe herauf; »eins is n Windei gewesen.«

»Gib mal gleich her«, sagte Trude; »werd se kochen.« Sie klapperte heftig mit den Tassen, um das Schießen nicht so zu hören.

»Wetten«, fragte Pit, »dass s Dorf nu geräumt is?«

»Die Karnickel haste auch wieder vergessen!«, rief Güssel aus dem Badezimmer. »Hätt ich's nich gemerkt, glatt verhungert wärn die!«

Draußen hörte das Geräusch, das der Wasserschlauch machte, jetzt auf, und es schoss *nur* noch.

Pit starrte angestrengt aus dem Fenster. Es war nun deutlich zu sehen: die Punktkette bestand aus Soldaten. Sie kamen gemächlich über die Wiesen; manchmal blieben sie stehen, drehten sich um und schossen; auf wen jedoch, war nicht zu erkennen.

Die andere Gruppe hatte den Wald jetzt erreicht.

Pit sah, wie die Einzelnen zwischen den Stämmen verschwanden. »Mann!«, schrie er, »die buddeln sich ein!«

»n Morgen«, sagte Tobias. Er setzte sich an den Frühstückstisch und legte den Strohhut unter den Stuhl. »Vielleicht kommste bald, Pit.«

Pit kam nörgelnd heran. »Wo ich doch überhaupt kein Appetit hab.«

»Zwei Äpfel hat er heut früh schon gefressen!« Güssel schreckte die Eier ab und setzte sich auch.

»Petzliese!«

»Außerdem würd ich sagen: gegessen.« Tobias fing an zu löffeln.

»Schmeckt propper, Trudchen, der Brei.«

Trude rührte geräuschvoll auf ihrem Teller herum. »Auch mit Liebe gekocht.«

»Schmeckt man sofort.«

Pit hämmerte auf sein Ei. Er versuchte, an Tobias vorbeizusehen; es gelang jedoch nicht. Nur zum Luch hin konnte er schielen.

»Ach, richtig –« Güssel lud sich kauend einen Löffel voll Marmelade aufs Brot: »Der Hühnerstall muss ausgemistet wern.«

»Ich denk«, sagte Tobias, »du schluckst besser erst runter.«

»Deswegen is er *doch* dreckig.«

»Sollste das: widersprechen –?« Trude blickte sie kopfschüttelnd an.

»Pap, kann ich aufstehn?«

»Erst isste mal vernünftig zu Ende.«

Pit maulte.

»Je, je«, sagte Trude, »das schießt.«

»Mit m Hühnerstall das –«, fragte Güssel, »sag mal, wär das nich was für Pit? Könnt er doch auch gleich die Karnickelbucht mit ausmisten, hm?«

»Bei dir piept's«, sagte Pit.

Tobias war dabei, sich die Pfeife zu stopfen. »Pit kommt mit auf n See, Weidenruten für die Krebskörbe schneiden.«

»Krebs –«, sagte Pit; »is n an den spirrligen Dingern schon dran!«

Trude räumte das Geschirr ab. Sie stellte die Teller *so* aufeinander, dass noch die Löffel drauflagen; zog man die jetzt heraus, dann klirrte es, da war das Schießen nicht mehr zu hören.

Tobias stand auf und reckte sich ächzend. »An Krebs –? Du hast keine Ahnung, was gut is.«

»*Hat* er auch nich. Kannst *mich* ja mitnehmen, Pap.«

»Und der Hühnerstall?«, fragte Tobias. »Wär's nich s Praktischte, *du* würdst den machen?«

»Iiiiich?!«

»Siehste«, sagte Pit; »so sind se, die Weiber. »Er sprang auf und rannte hinaus. Güssel folgte ihm schreiend.

»Wiedersehn, Trudchen.« Tobias steckte sich paffend die Pfeife an. »Bleibt hübsch beim Haus, haste gehört. Und gebt auf die Mistkratzer acht.«

»Seid ihr zum Mittag zurück?«

»Denk schon.«

Tobias und Pit liefen zum See.

Pit sah sich mehrmals um unterwegs.

»Pap.«

»Hm.«

»Ob Unsre se halten?«

»Soll *ich* n das wissen.«

»Und wenn se se *nich* halten –?«

Tobias blieb stehen und tastete an sich herum.

»Suchst n.«

»s Reusengarn. Ah, hier; hab schon.«

Sie gingen weiter.

»Und wenn se se *nich* halten, Pap?«

»Nu –; kommen die Nächsten.«

»Und – was dann.«

Tobias zog heftig an seiner Pfeife. Die Spucke im Mundstück prasselte; man hörte es, obwohl jetzt, immer deutlicher, auch noch das Schießen der andern hinzukam.

»Dann –?«

»Ja.«

Sie waren am Kahn. Tobias bückte sich und ließ das Kettenschloss aufschnappen.

Die Luft überm See flimmerte. Der Milan hoch oben tat keinen Flügelschlag, reglos ließ er sich treiben.

»Wenn's gießt«, sagte Tobias, »wenn's n Gewitter gibt, hm: was machst n da; rennste raus oder bleibste zu Hause.«

»Na, drinbleiben tu ich.«

»Siehste.«

Sie ruderten zum andern Seeufer hinüber, wo hinter den ertrunkenen Erlen das Weidengebüsch anfing.

Auf dem See war es still jetzt; nur die Schilfhalme schabten am Kahnrand.

»Haste gehört«, sagte Tobias: »die ganze Nacht hat se wieder geschrien.«

»Hö?« Pit schreckte hoch.

»Ob de se heut Nacht *auch* gehört hast.«

»Wen.«

»Nu, wen schon –: Die Rohrdommel.«

»Ach, *die* –. Nee; nich gehört.«

Tobias stakte den Kahn ans Ufer, und sie stiegen aus.

»Wie lang solln se n sein.«

»So anderthalb Meter vielleicht. Aber such schön geschmeidige aus, haste gehört. Nich so ne dicken.«

Sie arbeiteten schweigend. Pit hatte die Baumschere, Tobias das Messer. Der Boden war schwarz und mit bunten, vorjährigen Schneckenhäusern bedeckt; er federte, und Schwertlilien und Sauergras wuchsen auf ihm.

Einmal stob purrend ein Fasan auf vor ihnen; sonst herrschte Stille.

Als sie genug Ruten hatten, trugen sie sie in den Kahn. Dann ruderte Tobias zum Trockengestell.

Sie reinigten die Reusen von den Algenrückständen, und Tobias sah sie auf Rissstellen durch.

Es gab eine ganze Menge zu flicken. Manchmal war auch im Innern eine der Spannschnüre gerissen.

Pit döste am Bug.

Hin und wieder hörte man jetzt auch das Gewehrfeuer wieder. Die Vögel jedoch hatte die Mittagshitze träge gemacht. Bis auf den Milan; flügelschlaglos zog er im Aufwind seine Spiralen.

Pit starrte aus schmalen Lidritzen auf das Geflimmer des Sees. Eine Libelle setzte sich auf sein Knie.

Zwischen ihren Tellerblättern wiegten sich weiß, mit zartgelben Staubgefäßen, die Seerosenblüten. Samtene Hummeln krochen in sie hinein und kamen mit goldgepuderten Hosenbeinen wieder hervor.

Das Schießen klang nun fast so, als fände es im Dorf statt. MGs hechelten, dazwischen krachten in verschiedenen Lautstärken Karabiner und asthmatisch tuckernde Maschinenpistolen.

Pit hob ein wenig den Kopf.

»Pap.«

»Mhm.«

»Der Schullehrer –«

»Was is mit m Schullehrer.«

»Der Schullehrer sagt, wer seine Vaterlandspflicht nicht erfüllt –«

»Wer seine was nich erfüllt –?«

»Seine Vaterlandspflicht.«

»Vaterlandspflicht –?«

»Ja.«

»Soll n das sein.«

»Na, so – so –«

»*Was*: so –so –«

»Eben so seine Pflicht, nich.«

»*Wie*: so seine Pflicht.«

»Na, ich sag doch: seine Vaterlandspflicht.«

»Hm.«

Tobias zog zwei Reusenmaschen zusammen und verknotete sie.

»n Feigling wär der«, sagte Pit.

»So.«

»Ja.«

Tobias ließ die aufgespannte Reuse von seinem Schoß auf den Fischkasten rollen und schob sich den Hut aus der Stirn. Dann nahm er die Pfeife aus dem Mund und stocherte in ihr herum.

»Mhm«, machte er.

Pit betrachtete starr die Libelle auf seinem Knie. Sie hatte riesig schimmernde Glotzaugen und einen zerbrechlichen Schachtelhalmleib. Die Zangen unter ihrem Kinn bewegten sich sacht.

Tobias war fertig mit Stochern. Er drückte den glimmenden Tabak fest mit dem Daumen und schob sich die Pfeife wieder in den Mund. »Aha. So ist das also.«

5

Wie die Sonne stand und ihrem Hunger nach, musste es längst Mittag sein. Aber Tobias bestand darauf, erst noch die Reusen zu legen. Als das besorgt war, stakte er den Kahn so tief ins Schilf, dass er auch von der andern Seeseite her nicht zu sehen war, dann lud er sich die Ruten auf, nahm Pit unter den Arm und watete mit ihm an Land.

Irgendetwas kam ihnen hier verändert vor. Oben auf der Anhöhe merkten sie, dass es die plötzliche Ruhe war. Das Schießen hatte aufgehört; die Stille jetzt war wie ein Loch, selbst noch das Grillenzirpen schien hineingefallen zu sein.

Sie sahen sich um.

Die Kiebitze überm Luch waren verschwunden. Der Hitzevorhang vorm Wald wellte sich leicht. Aus dem Dorf stiegen massige Qualmberge auf, die weiter oben zu einem breitgedrückten Rauchpilz verschmolzen. Die Chaussee war leer.

Erst glaubten sie, auch die andern Soldaten wären zum Wald abgeschwenkt; aber während sie weiterliefen, merkten sie, die andern Soldaten waren weit ausgeschwärmt und in

Kuhlen und Senken und hinter Büschen und Hügeln in Deckung gegangen. Auch ums Haus herum wimmelte es von ihnen.

Im Garten hatten sie sich Feuerstellen gegraben; bläulich wabernde Rauchsäulchen stiegen still in die reglose Luft.

Die meisten, sahen Tobias und Pit beim Näherkommen, hatten ihre Zeltplanen und Gasmaskenbüchsen unter dem Kopf und schliefen. Die Übrigen hockten vor ihren Feuern, kochten etwas oder angelten schwarz gebrannte Kartoffeln aus der Glut. Einige lausten sich.

Tobias balancierte über die, die auf der Treppe eingenickt waren, hinweg und betrat die Veranda.

Auf dem Tisch lag noch die Frühstücksdecke. Berge von Pellkartoffelschalen und Fischgräten türmten sich auf ihr. Die Soldaten am Tisch waren vornübergekippt; sie schliefen, einer mit der Stirn in einem Fischgrätenhaufen.

In Tobias' Korbstuhl saß auch einer, den Schulterstücke nach ein Offizier. Er hatte den Helm in den Nacken geschoben, der Sturmriemen baumelte ihm unter der Nase. Er las in Trudes Buch DER SCHATZ UNTERM SCHIENENSTRANG. Neben ihm lag griffbereit seine Pistole.

In der Küche hockten sie auch.

Trude stand glanzgesichtig am Herd und stocherte im Brattopf herum. Es roch nach Huhn.

Tobias stellte die Weidenruten ab und klopfte seine Pfeife an der Herdkante aus. »Werd mal noch n paar Zwiebeln holen gehn, was?«

»Is doch nich für uns!«, sagte Trude; »hat sich ja bloß der Dings da bestellt.«

»Lass man«, sagte Tobias. »Zwiebeln, die sind *nie* falsch.« Er steckte sich die Pfeife neu an und stieg in den Keller.

Der Hauptkeller war abgeschlossen. Tobias schob den Schlüssel ins Schloss; er fasste nicht. Er riss ein Streichholz an und leuchtete ins Schlüsselloch. Ein andrer Schlüssel steckte von innen. Mit angehaltenem Atem legte Tobias das

Ohr an die Tür. Eine Henne gackerte drin.

»Wirste mal –!«, flüsterte eine Stimme.

Tobias schnitt ein paar Zwiebeln vom Zopf und ging wieder hinauf.

Oben stand der Offizier. Er warf seine Pistole hoch, ließ sie sich ein paarmal überschlagen und fing sie dann wieder.

»Na –?«

»Hast se?«, fragte Trude vom Herd.

»Da –«, sagte Tobias.

Er setzte sich auf den Kohlenkasten und stemmte die Füße gegen die Herdkante. Seine Schuhe und die Hosenbeine fingen an zu dampfen.

»Für *Sie* ist der Krieg wohl aus, was?« Der Offizier steckte die Pistole weg und rückte sein Koppel zurecht.

Trude sah starr in den Topf.

Durchs Küchenfenster hörte man die Stimme Pits, der sich draußen eine Maschinenpistole erklären ließ.

Tobias nahm seine Pfeife aus dem Mund und stand auf. »Lass das sein«, sagte er aus dem Fenster; »hab ich nich gern.«

Der Offizier räusperte sich. »Warum sind Sie nicht Soldat?«

»Ich bin Fischer«, sagte Tobias. Er setzte sich wieder.

»Ach. Schon mal was von Feigheit vorm Feind gehört?«

»So«, sagte Trude; »nu die Zwiebeln noch rein.«

»Aber bloß anschmoren, Trudchen. Wird zu kross sonst, das Huhn.«

»He«, sagte der Offizier. »Ob Sie schon mal was von Feigheit vorm Feind gehört haben, frag ich.«

»Feigheit vor *wem* –?«

»Vorm Feind –!«

»Feind –?« Tobias schraubte die Pfeife auseinander und blies den Tabaksaft aus dem Mundstück.

»Feind, ja.«

»Nee; noch nichts von gehört.«

Draußen schwoll Lärm an. Gasmasken schlugen klappernd an Feldspaten. Schüsse krachten. Weiter weg antworteten Schnellfeuergewehrsalven.

Der Offizier trat ans Fenster. »Ist n da los.«

»Keine Ahnung, Herr Major.« Der Soldat unterm Fenster stand stramm.

»Da brülln welche«, sagte Tobias.

Der Offizier lauschte.

Das Gewehrfeuer näherte sich. Schritte trappelten. Man hörte ein Brummen.

»Panzer –!«, schrie eine Stimme.

Die Soldaten in der Küche fuhren hoch. Auch die in der Veranda rappelten sich auf.

»Meine Schuhe«, schrie einer.

»Alarm!«

»Panzer von links!«

»Alaaaaarm!«

Der Offizier sprang aus dem Fenster.

»Ihr Helm!«, rief Tobias.

»Je, je.« Trude blickte ihm kopfschüttelnd nach. »Da rennt er.«

Tobias stand auf und ging in den Garten.

Der sah wie ein geplündertes Heerlager aus. Gewehre, Gasmasken, Brotbeutel, Patronentaschen, Zeltplanen – sogar zwei Unterhosen lagen umher.

Die Soldaten rannten in aufgelösten Rudeln zum Wald. Dauernd warfen sie etwas weg unterwegs. Der Offizier lag erst ziemlich weit hinten. Als er sich jedoch seines Koppels und der Pistole entledigt hatte, holte er zusehends auf.

Der Panzer nahm sich Zeit. Einer war es nur, ja; ein schwerer, gedrungener mit einer bunten Hoheitsstandarte am Bug. Seine Kanone war mit zarten Birkenreisern getarnt. Er kam vom Dorf her und schlingerte jetzt, von schreienden Kiebitzen umflattert, rasselnd in Richtung zum Wald hin über die Felder. Um ihn herum liefen, ihre Gewehre unterm Arm, aus denen sie, ohne zu zielen, auf die Flüchtenden schossen, Soldaten; aber andere nun, etwa fünfzig mochten es sein.

Pit war nirgends zu sehen.

Als die Spitze der Fliehenden den Wald erreicht hatte, blieb der Panzer, vielleicht zweihundert Meter vom Haus entfernt, stehen. Der Turmdeckel klappte um, und der Oberkörper eines Generals erschien in der Öffnung. Tobias glaubte jedenfalls, dass es ein General wäre, denn er trug die gleiche Anzahl von Sternen auf den Schulterklappen, wie die Standarte sie aufwies.

Der General hob ein Fernglas vor die Augen und gab dann ins Innere des Panzers seine Befehle.

Gleich darauf begann der Panzer mit seiner Kanone zu schießen. Trude steckte den Kopf aus dem Küchenfenster; sie schluckte.

»Je, je, Tob, was bummert n so?«

»Is das Eisendings da. Los, Trudchen, gib mal n Laken raus, schnell.«

»n Laken?! Biste verrückt?«

»Mach schon. Wir müssen was Weißes aufhängen; komm.«

»Aber doch nich n sauberes Laken! Hier, nimm s Tischtuch. Muss sowieso in die Wäsche.«

Tobias lief ums Haus herum und zum Schuppen.

Der Hühnerstall und die Karnickelbucht waren leer. Gerade flogen die aufgescheuchten Kiebitze übers Haus weg, sie schrien.

Der Panzer streute den Wald ab. Der General im Turm beobachtete durchs Fernglas die Einschläge. Der Letzte von denen, auf die seine Leute es abgesehen hatten, war eben zwischen den Randbäumen verschwunden, da fing es auch von dort an zu schießen.

Die Soldaten schwärmten aus und gingen in Deckung.

Als Tobias am Kellerfenster vorbeikam, sah er Licht drin.

Er bückte sich und blickte hinein.

Das Licht verbreitete eine Kerze, die auf einer umgedrehten Kiepe stand. Neben der Kiepe lag, grell leuchtend, ein aufgeklappter Tuschkasten. Es wimmelte von Kaninchen und Hühnern im Raum. Mitten unter ihnen, einen gewaltigen Zeichenblock auf den Knien, saß Güssel und malte.

Tobias lehnte die Leiter gegen die Dachkante und holte noch eine Kiste aus dem Schuppen. Er stellte sie vor das Kellerfenster und schippte sie voll Erde. Dann band er Trudes Tischdecke an einer Bohnenstange fest und stieg mit seiner Fahne aufs Dach.

Die ärgste Hitze war nun vorüber. Vom See her drang in den Schießpausen wieder das Knarren des Rohrsängers herüber. Der Milan war einen halben Kilometer höher gestiegen, es sah aus, als hinge er in den Strahlen der Sonne. Die aufgescheuchten Kiebitze hatten kehrtgemacht, sie balgten sich jetzt wieder im Luch über ihren Nistplätzen herum.

Ein schwacher Wind ging hier oben. Trudes Tischtuch fing an zu flattern. Tobias band die Bohnenstange sorgfältig an den Steigekrampen des Schornsteins fest. Als er wieder hinuntersah, entdeckte er Pit.

Pit hatte eine der weggeworfenen Maschinenpistolen um den Hals hängen und kroch auf den Panzer zu; den Garten hatte er schon hinter sich.

Diesmal vergaß Tobias sogar, die Pfeife aus dem Mund zu nehmen. Er rutschte die Leiter hinunter, raste den Gartenweg hoch und rannte, sein Taschentuch schwenkend, auf den Panzer und die weit auseinandergezogene Front der Schießenden zu.

Pit war vielleicht noch hundert Meter von ihnen entfernt. Er lag geschützt in einer Bodenwelle und hantierte, fleckig vor Aufregung und mit mahlenden Kinnbacken, an der Maschinenpistole herum.

Doch da war Tobias heran. Er warf sich neben ihn hin, riss ihm die Pistole weg und schleuderte sie in einen Graben.

Dann packte er Pit und zerrte ihn hoch.

Pit strampelte, er schrie. Aber es half ihm nichts. Tobias presste ihn mit beiden Armen an sich und rannte, so schnell er konnte, zum Garten zurück.

Vor der Veranda erst ließ er ihn los.

»Biste wahnsinnig geworden? Willste, Mamme soll unglücklich wern?!«

Pit heulte vor Wut. »Wo ich doch s Vaterland hab verteidigen wolln!«

»Dass de mal nich deinen Hintern verteidigen musst! Hier is n Taschentuch. Wisch dir gefälligst n Rotz von der Backe, du Held.«

Pit schneuzte sich dröhnend.

Die im Wald fingen jetzt an, mit einer Panzerabwehrkanone zu schießen. Gleich die ersten Einschläge lagen dicht neben dem Garten. Dann krachte ein halbes Dutzend hinein, und darauf hüpften die schwarz klaffenden Löcher in kurzen Sätzen dem Panzer entgegen.

Das Gewehrfeuer derer, die ihn begleiteten, verstärkte sich nun. Der General im Turm tauchte auch jetzt noch nicht unter.

Das Verandafenster wurde aufgestoßen, und Trude beugte sich raus.

»*Da* krebst ihr rum! Und ich such mich kaputt! Los, rein und die Hände gewaschen; Essen is fertig.«

Tobias klopfte seine Pfeife aus und steckte sie ein.

»Das bleibt unter uns, haste gehört. Wehe, da erzählste Mamme was von!«

6

Trude hatte in der Küche gedeckt. In der Veranda war noch zu viel Unordnung von den Soldaten.

Der Gefechtslärm draußen verstärkte sich.

Die Panzerabwehrkanone hatte sich jetzt eingeschossen.

Aus dem Badezimmer konnte Pit deutlich erkennen, ihre Einschläge lagen ständig dichter um den Panzer herum.

Der General tauchte noch immer nicht unter. Er schien erst den Stand der Kanone ausmachen zu wollen. Aber man merkte es, der Panzer schoss blind, er streute ziellos den Wald ab.

Trude tat auf. Es gab das Huhn, das der Offizier sich bestellt hatte; nur dass es jetzt schmackhafter aussah; und auch die Bouillon hatte Trude veredelt.

»Vielleicht kommste nu, Pit!« Tobias saß schon am Tisch. Er schloss die Augen und schnupperte. »n Gedicht, was de aus dem Vogel gemacht hast, Trudchen; kann man nich anders sagen.«

»Weiß nich«, sagte Trude; »mir tut so n Huhn leid.«

»Werd die Knochen nachher im Garten vergraben. Kannst dir die Stelle ja merken.«

Das Schießen von denen, die um den Panzer herum lagen, kam näher. Die MG's im Wald hörten jetzt gar nicht mehr auf. Pit setzte sich. »Hö, hö, nu kriegen se aber Zunder!«

»Pfeif mal«, sagte Tobias.

Pit steckte zwei Finger in den Mund und pfiff gellend.

Trude zuckte zusammen.

Von unten, aus dem Keller, kam der Pfiff wieder zurück.

»Endlich.« Tobias fing an zu löffeln. *Das* hat se gehört.

Die Einschläge der Kanone lagen so dicht vor dem Panzer wie vorher noch nie. Der General, sah Pit an Tobias vorbei, war nun verschwunden. Der Panzer ruckelte an. Aber wie sehr sein Motor auch heulte: der Boden war zu feucht, die Gleitketten fassten nicht, sie wühlten sich nur tiefer ein.

Güssel kam, den Malblock unterm Arm, die Kellertreppe herauf.

»Müsst ihr euch unbedingt ansehen.«

Sie setzte sich und lehnte den Block gegen den Suppentopf.

»Na –?«

»Hübsch«, sagte Tobias. »Was stellt's n dar?«

»Hör mal«, sagte Trude; »das siehste nich? n Nashorn, doch logisch.« Sie sprach sehr laut. Ihre Hand, die die Gabel hielt, zitterte.

»n gelbes Nashorn –?« Tobias legte behutsam den abgenagten Keulenknochen beiseite. »Glaubste ja selber nich. Is ne Banane. Güssel, hab ich recht?«

Güssel schmollte. »Mensch, die Mondsichel is das! Erkennt n das keiner?«

»Mann!«, schrie Pit; »der lag m genau vor der Nase!«

»Natürlich«, sagte Tobias; »jetz, wo de's sagst, is es ganz klar.«

»Man kuckt auf n Teller beim Essen«, sagte Trude zu Pit, »nich aus m Fenster. Ob de das noch mal lernst?«

»Und das Grüne hier unten?«, fragte Tobias.

»Pap, Mensch: das Schilf –!«

Draußen krachte es plötzlich bei einem neuen Einschlag metallen. Gleich darauf begann ein wüstes Geknatter.

Pit fuhr hoch und raste zum Fenster.

»Richtig", sagte Tobias; »könnt man wahrhaftig auch selber drauf kommen. Und hier –: der braune Fleck mittendrin, was is mit dem?«

»Getroffen«, schrie Pit; »Leute, er brennt!«

»Das –?«, sagte Güssel. »Na, soll die Rohrdommel sein!«

»*Wer* brennt«, fragte Trude und knautschte ihre Serviette im Schoß.

»Der Panzer, Mensch! Jetz booten se aus! Hö, hö, nu kann er aber hopsen, der Herr General!«

»Ich würd sagen, du setzt dich und isst erst zu Ende.«

Tobias war fertig; er hatte Güssels Bild vor sich hingestellt und fing an, sich die Pfeife zu stopfen. »Mach ich n Rahmen drum rum und häng's im Schlafzimmer auf; ham wir *alle* was von.«

Es schoss in einem fort draußen. Auf der Veranda klirrte es.

»Je, je«, sagte Trude; »bis was passiert.«

Pit setzte sich wieder. Er strahlte. »Das knattert, hö? Is die Munition. Die ham Munition dringehabt.«

Güssel ächzte. »Also der mit sei'm Hö macht ein krank.«

»Wart doch mit Rauchen.« Trude stand auf. »Gibt ja noch Flammeri, Tob.«

Tobias legte die Pfeife neben den Teller. »Genau der I-Punkt, Trudchen. Wie immer.«

»Igitt«, sagte Trude aus der Veranda.

»Was is n, Mamme?«

»Nu seht euch die Ferkelei an!«

Trude stellte die Puddingschüssel auf einen Teller. Ein schmales rötliches Rinnsal quoll aus zwei einander gegenüberliegenden Löchern heraus.

»War ne Kugel«, sagte Pit; »sieht n Fachmann sofort.«

»Schnell, tu auf, Trudchen! Eh der ganze Himbeersaft rausdrippt.«

Das Schießen draußen war jetzt so heftig und laut, dass das aus dem Wald schon gar nicht mehr durchdrang.

Pit reckte den Hals. »Die ham Verstärkung gekriegt, die Schweine!«

»Sag Soldaten«, sagte Tobias; »klingt besser.«

»Je, je!« Trude verteilte kopfschüttelnd den Pudding. »Die gute Schüssel. Ich sag ja: bis was passiert.«

Güssel schlürfte. »Aber schmecken tut's prima. Pap, hab ich recht?«

»Haste«, sagte Tobias. »Tatsache, Trudchen; mal wieder dich selbst übertroffen.«

Draußen hörte man Stimmen; sie schrien.

Pit fuhr auf. »Wisst ihr, was nu is? Sturm laufen tun se, die Hunde!« »Hunde hat er gesagt, Pap.«

»Petz nich«, sagte Tobias. Er nahm die Pfeife vom Tisch und steckte sie an. »Wie wär's, Pit: setzte dich wieder –?«

Schritte kamen die Verandatreppe herauf. Jemand klopfte mit einem harten Gegenstand an die Tür.

»Pit!«, schrie Trude.

»Biste verrückt?«, sagte Tobias. »Sofort legste das Brotmesser hin und kommst von der Tür weg!«

Pit warf das Messer wieder ins Abwaschbecken.

»*Ich* hab vielleicht ne Familie –!«

Draußen wurde stärker geklopft.

»Geh man lieber in n Keller«, sagte Tobias. »Die Hühner und die Karnickel, die drehn ja durch sonst, wenn se keiner beruhigt.«

»Is wahr«, sagte Güssel. Sie holte die Kerze von der Anrichte, klemmte den Zeichenblock unter den Arm und stieg die Treppen hinab.

Abermals klopfte es.

Tobias nahm die Pfeife aus dem Mund und drehte sich um.

»Nu kommt doch schon rein!«

Draußen wurde an der Klinke gerüttelt.

»Die Tür klemmt«, sagte Tobias; »erinner mich, dass ich das in Ordnung bring, Pit.«

»Mich kannste auslassen«, sagte Pit; »ich fraternisier nich mit Okkupanten.«

»Je, je, so ne Wörter!« Trude fing rasch an, das Geschirr abzuräumen.

Da ging die Tür auf.

Drei Soldaten traten herein. Zwei trugen eine Kabelrolle zwischen sich, der dritte hatte einen Feldfernsprecher umhängen.

»Stellt das Ding nur da in die Veranda!«

»Tob, die verstehn dich doch nich.«

»Wenn de freundlich bist, versteht dich jeder.«

»Freundlich –!« Pit verdrehte die Augen.

Die Soldaten stellten den Apparat auf den Verandatisch und schlossen das Kabel an.

»Siehste«, sagte Tobias.

Das Schießen draußen entfernte sich langsam; man hörte jetzt nur noch das aus dem Wald.

Wieder kamen Schritte die Treppe herauf. Einer der Soldaten stürzte zur Tür und riss sie auf.

Der General und sein Adjutant traten ein. Sie keuchten, ihre Uniformen waren mit Brandflecken bedeckt.

Trude presste den frisch abgewaschenen Teller an sich und sah starr aus dem Fenster. »Weg sind se. Rein in n Wald und futsch wie die andern. Bloß das Eisending da kokelt noch.«

Tobias seufzte. »Wie man *das* mal wieder hier wegkriegen soll.«

»Lass doch stehn«, sagte Pit. »Kann man mit spielen.«

»Fehlt noch.«

Der Adjutant telefonierte. Der General nickte ungeduldig dazu. Dann kam er rein, ging zur Wasserleitung und hielt den Kopf unter den Strahl.

»n Handtuch, Trudchen; komm, mach. Nich doch! n frisches.«

»Danke.« Der General trocknete sich ab. Auch seine Augenbrauen, sah man, waren versengt. »Meine Funkanlage ist leider verbrannt. Muss Sie daher n bisschen mit dem Telefon belästigen.«

»Stört keinen Menschen«, sagte Tobias.

»Ah, da ist ja auch unser Wehrwölfchen wieder.« Der General sah Pit aufmerksam an.

Der presste die Lippen zusammen.

»Könnt mir vorstellen«, sagte Tobias, »er geht runter zu Güssel und lässt die Hühner jetzt raus. Trudchen, was meinste dazu.«

Trude nickte hastig. »Hörste nich, Pit?«

»Hö –?«

»Die Mistkratzer rauslassen sollste!«

»Und wenn die se sich schnappen?«

»Je, je«, sagte Trude. »Wern se schon nich.«

Pit rümpfte die Nase und stieg in den Keller.

»Gar nicht so einfach für ihn, umzulernen, nicht?« Der General trat vor Tobias' Angelschrank hin und drückte blinzelnd die Stirn gegen die Scheibe.

»Is die Schule dran schuld«, sagte Tobias.

»Ach –«

»Na, bei *uns* lernt er das nich.«

»Nee«, sagte Trude; »weiß Gott nich.«

»Aber Sie billigen es.«

»Billigen würd ich *nich* direkt sagen.«

»Und warum treiben Sie es ihm jetzt dann nicht aus?«

Der General stand immer noch, mit dem Rücken zu Tobias, vorm Angelschrank.

Tobias stocherte in seiner Pfeife, sie zog nicht mehr richtig.

»Wenn ich Fischbrut einsetz im See, ja –?«

»Ja –?«, fragte der General.

»Meinen Se, die kapiert *gleich*, was nu los is um sie? Nee. Die schwimmt noch ne ganze Weile in derselben Form rum, die der Setzkasten hatte.«

Das Telefon klingelte.

»For you!«, rief der Adjutant. Der General ging hinaus.

»Na denn.« Tobias reckte sich ächzend und stand auf. »Sorgste noch n bisschen für Ordnung auf der Veranda?«

»Is gut, Tob. Gehst n hin.«

»Garten aufräumen.«

»Moment.« Trude wickelte die Hühnerknochen auf dem Tisch behutsam in ein Stück Butterbrotpapier ein.

»Ah, siehste. Beinah vergessen.«

»Würd sagen, setzt se unterm Pflaumenbaum bei.«

»Gemacht, Trudchen. Kannst ja später noch n paar Stiefmütterchen pflanzen drum rum.«

»Gute Idee.«

Der General blätterte in Trudes Buch DER SCHATZ UNTERM SCHIENENSTRANG, als Tobias an ihm vorbeiging.

Draußen hockten die Panzersoldaten auf den Treppenstufen und rauchten und dösten. Tobias balancierte zwischen ihnen hindurch und vergrub erst mal die Knochen des Huhns.

Dann schob er sich den Hut aus der Stirn und blickte sich um. Das Panzerwrack rauchte noch. Die Einschläge der Abwehrkanone waren in die Erdbeerrabatten gegangen. Ein paar von den Feuerstellen der andern Soldaten hatten sich weitergefressen; das Spargelbeet war verdorben und der Rhabarber versengt. Tobias schippte die Glutflächen zu und fing an, die Ausrüstungsgegenstände, die die andern Soldaten weggeworfen hatten, auf einen Haufen zu tragen.

Jetzt wurde auch das Kellerfenster geöffnet, die Kiste davor kippte um, und die Hühner flatterten raus. Sie schlugen klatschend überm Rücken die Flügel zusammen und rannten wie besessen im Garten herum.

Tobias trug die Gasmasken, Stahlhelme, Gewehre, Kochgeschirre und Patronentaschen, in Zeltplanen gewickelt, zu dem Panzer hinaus; dem warf er sie zwischen die Raupen.

Es schoss nun nur noch im Wald. Vom See her waren wieder das Rohrsängerschnarren und das träge Quarren der Frösche zu hören. Überm Luch schlugen die Kiebitze Kobolz, Lerchen stiegen, und der Brachvogel pfiff.

Im Garten hatte der General sich in Tobias' Korbstuhl vor die Veranda gesetzt. Er rauchte und las. Es war Trudes Buch DER SCHATZ UNTERM SCHIENENSTRANG, das er aufgeklappt hatte.

Der Adjutant manikürte sich. Die Soldaten saßen in der Sonne und dösten. Auf der Veranda war Trude dabei, die Fischgräten und die Kartoffelschalen zusammenzufegen.

Tobias nahm einen Augenblick die Pfeife aus dem Mund und sog prüfend die Luft ein. »Merkt ihr was?«, rief er zu Pit und Güssel hinüber, die aus dem Kellerfenster guckten; »gibt n Gewitter! Heut steigen die Aale!«

Der General legte den Daumen ins Buch und sah auf.

»Mensch!«, schrie Pit, »s ganze Erdbeerbeet ham die versaut!«

»Wobei de vergisst«, sagte Güssel, »dass es Eigne warn, die das angestellt ham.«

»Los!«, rief Tobias, »bringt ne Büchse mit. Wolln Piratzen suchen!«

»Piratzen –?«, fragte der General. »Was ist das.«

»Regenwürmer.« Tobias klopfte seine Pfeife am Spatenstiel aus, blies hindurch und steckte sie ein.

»Aha.« Der General klappte das Buch wieder auf.

Es donnerte fern.

Pit und Güssel kamen heran, Güssel mit einer Gasmaskenbüchse.

»Geht die?«

»Warum nich.« Tobias fing an zu graben.

»Haste Töne!«, flüsterte Pit; »da sitzt er, der Kerl!«

Güssel sah hin. »Schick sieht der aus.«

»Schick –! Wenn ich so was schon hör! Musste Unsre mal sehn.«

»Seh ich aber nich mehr.«

»Passt lieber auf«, sagte Tobias. »Da hat sich eben n ganz dicker wieder verkrochen.«

»Hab n.« Güssel zog ihn hervor.

»Das fehlt!«, flüsterte Pit. »Nu kommt der auch noch her!«

Güssels Wangen färbten sich rot.

Es donnerte wieder. In der Küche klapperte Trude mit dem Kaffeegeschirr.

Der Adjutant blinzelte über die Geranien vorm Verandafenster weg in den Himmel hinauf; er gähnte.

Der General stand jetzt hinter ihnen. Er stieß mit der Schuhspitze einen Erdklumpen an.

»Guter Boden.«

»Geht«, sagte Tobias; »bisschen zu sauer.«

»Kalk«, sagte der General. »Schon mal versucht?«

»Ich grab Algen mit unter und streu Hühnermist drauf.«

»*Auch* Kalk drin, stimmt. Ätzt nur zu sehr.«

»Aber billig«, sagte Tobias.

Auf der Veranda klingelte das Telefon.

»For you!« Der Adjutant hielt den Hörer hoch.

Der General winkte ab. »Auf Aale wollen Sie gehn?«

»Schnüre legen bloß«, sagte Tobias; »angeln lohnt nich bei denen; sind se zu langweilig zu.«

»Aha.« Der General räusperte sich. »Da –«, sagte er.

»Wo?«, fragte Güssel.

»Moment.« Der General zog den Regenwurm vorsichtig aus seinem Loch und warf ihn in die Gasmaskenbüchse. »Zu Hause geh ich auf Lachs.«

»Ham wir nich«, sagte Pit.

»Doch.« Tobias zerbröselte behutsam einen Erdklumpen auf dem Spaten. »Aber nur n paar. Uralte Biester. Höchstens mal mit der Reuse zu kriegen.«

»Nanu«, sagte Güssel; »geht n das?«

»Gibt Leute, die könn alles.« Pit sah starr vor sich hin.

»Hättest du auch können«, sagte der General.

»*Der* –?« Güssel zog einen Flunsch.

»Ganz einfach. Hauptsache, keine Sonne im Rücken.«

»Wieso n nich«, fragte Pit.

»Blödkopp«, sagte Güssel; »na, wegen dem Schatten. Die haun doch ab, wenn er ins Wasser fällt.«

»Stimmt«, sagte der General.

Das Küchenfenster ging auf, und Trude sah raus. »Hopp, hopp!«, rief sie; »reinkommen, Kaffee is fertig!«

Pit rannte los.

»Bring den Spaten noch weg«, sagte Tobias.

Güssel maulte. »Immer ich.«

Der General wartete, bis sie wegschlenderte. Dann trat er umständlich seine Zigarette aus und räusperte sich. »Wann werden Sie gehn.«

»Nu –« Tobias nickte zum Wald, hinter dem eine dunkle Wetterwand aufstieg. »Vorher noch, denk ich. Gleich nach m

Kaffee.«

»Hm.« Der General lauschte einen Augenblick einem langhin hallenden Donnerschlag nach. »Und – wenn ich mitkäme?«

»Gar nich so dumm. Könnt man noch ne Runde mit der Schleppangel drehn.«

»O. K.« Der General hob die Gasmaskenbüchse mit den Regenwürmern auf und ging summend zur Veranda hinüber.

Trude hatte für die Soldaten, den Adjutanten und den General mitgedeckt. Es gab Malzkaffee und Schwarzbrot mit Pflaumenmus.

»Wo is n Pit«, fragte Tobias.

»Hörste nich«, sagte Trude.

Tobias hörte auf zu kauen.

Im Schuppen draußen stürzte ein Holzberg zusammen. Eine Henne gackerte; gleich darauf hörte man's hacken.

»Tüchtig, tüchtig.« Tobias aß weiter.

»Dabei«, sagte Güssel, »is Bennholz da bis Ende Dezember.«

»Nimm n Daumen vom Brot«, sagte Trude. »Noch n Tässchen gefällig, Herr Offizier?«

»Danke.« Der General blickte hinüber zum Wald. Es schoss wieder. Die Wetterwand war höher gestiegen; fasrige Blitze zuckten hinter ihr.

»n Aalwetter, wie's im Buch steht.«

Tobias stand auf. Er zog sich den Regenmantel an und gab dem General den von Trude.

»Los, Güssel; mach. Willst doch mit; oder –?«

»Komm ja schon.«

Tobias ging zum Angelschrank und kramte die Schnüre und die Schleppangel raus. »Fertig?«

Der General hörte auf zu summen. »O. K.«

Trude kam noch mit auf die Veranda hinaus.

»Tob.«

»Mhm.«
»Was is n mit Pit.«
»Nu –. Mal sehn. Vielleicht kommt er mit.«
»Und wenn *nich*?«
»Gibste hübsch auf n acht.«
»Biste zum Abendbrot wieder zurück?«
»Bestimmt. Vielleicht kriegen wir n Hecht.«
»Tob.«
»Hm.«
Trude fingerte an ihrem Haarknoten herum. »Schon gut.«
Das Telefon klingelte. Der Adjutant nahm den Hörer auf und meldete sich.
»For you.«
Der General winkte ab. Er streifte sich den Riemen der Gasmaskenbüchse über die Schulter und stieg summend die Treppe hinunter.
Güssel riss ihr Regencape von der Garderobe und rannte ihm nach.
Die Sonne war weg; schweflige Wolken kochten vor ihr. Die Kiebitze strichen jetzt dicht über die Binsenkubben dahin.
Tobias sah noch mal in den Holzschuppen hinein.
Pit hatte gerade wieder das Beil angehoben.
»Na, was macht die Arbeit.«
Das Beil sank langsam herab.
»Kein Spaß machen tut sie, dass de's genau weißt.
»Was kein Spaß macht, sollteste sein lassen.«
»*Grade* lass ich's jetzt nicht sein.«
»Wie de willst. Hätt dich sonst auf n See mitgenommen.«
Pit schluckte. »Kommt der Dings auch mit?«
»Welcher Dings.«
»Na, weißt doch.«
»Ach der –!«
»Ja.«
»Ja, der kommt auch mit.«

Pit riss das Beil hoch und ließ es krachend auf einen Buchenklotz fallen.

»Also denn hack mal schön.«

Der General und Güssel waren schon vorgegangen.

Tobias stopfte sich die Pfeife und steckte sie an. Dann folgte er ihnen.

Das Schwefelgelb, das vor der Sonne brodelte, spiegelte stumpf das Kohlschwarz der Wetterwand wider. Die Wiesen zum See hin waren wie von Bühnenlicht übergossen.

Ein Wind kam auf. Das Donnern nahm zu.

Der Milan hatte sich schon auf seine abgestorbene Erle gesetzt; die Blesshühner drängten beunruhigt gegen den Schilfgürtel an. Nur der Haubentaucher segelte noch über die aufgeraute Seefläche hin.

Tobias blieb stehen; ihm war, er hätte ein Geräusch wie von wattierten Paukenschlägen gehört. Aber dann donnerte es wieder, und als er weiterging, lebte im Wald auch der Gefechtslärm neu auf; da war sonst nichts mehr zu hören.

Güssel und der General warteten am Ufer, bis Tobias sie eingeholt hatte.

»Nich doch«, sagte Güssel; »kein Bussard. n Milan ist das.«

»Mi-lan.«

»Mi-lan«, wiederholte der General langsam; »aha.«

Sie liefen weiter zum Kahn.

»Ihre Schuhe auch dicht?«, fragte Tobias.

»Denke doch, ja.«

Tobias nahm Güssel unter den Arm und watete mit ihr durchs Schilf.

Güssel balancierte zum Bug. Der General setzte sich auf die Ruderbank.

Tobias schob den Kahn ab und schwang sich ins Heck.

»Die Piratzen noch.«

»Sorry.« Der General streifte sich das Band von der Schulter und reichte Tobias die Büchse.

»Nu klar gradeaus.«

Der General legte die Riemen ein und fing an zu rudern. Er pfiff.

»Setz dich hin«, sagte Tobias.

Güssel kniff die Augen zusammen. »Da kommt einer.«

Tobias hörte auf, die Haken zu beködern, und drehte sich um.

»n Soldat«, sagte Güssel. »Er winkt.«

»Wo legen Sie aus?«, fragte der General.

»Drüben.« Tobias nickte zum jenseitigen Schilfgürtel hin. »Da is mehr Kraut.«

»Brauchen Sie das?«

»Und ob. Käm sich nackicht vor, n steigender Aal, ohne Wasserpest und so n Zeugs.«

Der Soldat hatte jetzt das Ufer erreicht; er schwenkte ein Schriftstück und lief erregt hin und her.

»Pap, der schreit was.«

Tobias sah auf.

Der General ruderte und pfiff im Takt vor sich hin.

»Setzen sollste dich, hab ich gesagt.«

Schmollend plumpste Güssel wieder auf die Bank.

Der Wind war stärker geworden. Die Wellen schlugen klatschend gegen den Kahn. Vorm Wald hingen die ersten Regenfahnen. »Bisschen mehr links«, sagte Tobias.

»Sorry.«

Ruhig und gleichmäßig ruderte der General sie zum jenseitigen Schilfgürtel hin.

Einmal unterbrach Tobias seine Arbeit im Heck und hob lauschend den Kopf.

Blitze zuckten. Klirrende Regenperlschnüre jagten über den See. Das Donnern nahm zu.

Auch Güssel schien etwas gehört zu haben; sie sah konzentriert vor sich hin.

»Ruhig mal«, sagte Tobias.

Der General hörte auf zu pfeifen. »Donnert.«

»Nee, nee. Güssel –?«

»Hm. Glaub, das war se, Pap.«

»Wer«, fragte der General.

»Die kommt wieder, wenn se's war«, sagte Tobias. »Los; erst mal weiter nu.«

Güssel sah sich um.

Der Soldat am jenseitigen Seeufer war nun kaum mehr zu erkennen. Ein paarmal hob er noch winkend den Arm, dann wischte der Regen ihn aus.

Das Gewitter hatte sich genau zwischen Wald und See festgekeilt. Über das Wasser kam es nicht weg; dafür verschob es sich zum Luch hin ein wenig.

Auch vorm Wald war jetzt ein dichter Regenvorhang niedergegangen. Rissen Blitze ihn auf, lagen Ufer, Wiesen und Luch wie unter einer violett erleuchteten Glocke.

Der Kahn hatte den Schilfgürtel nun beinah erreicht. Tobias stellte den Schwimmer ein und ließ das Senkblei ins Wasser.

»Ruhig weiter. Mehr rechts. So.«

Gleichmäßig spulten die Köderschnüre sich ab.

Es goss in Strömen.

Während einer Donnerpause hämmerte im Wald ein MG. Unmittelbar darauf hörten sie auch das andere Geräusch wieder; es kam aus dem Schilf.

»Na –«, sagte Tobias; »was hab ich gesagt –?«

Der General ließ den Kahn ein Stück treiben. Er fuhr sich über seine tropfensprühende Borstenfrisur und lauschte.

»Ja«, sagte Güssel; »das is se.«

»Verstehe noch immer nicht«, sagte der General: »*wer?*«

»Rechts!«, rief Tobias; »rechts, Mann! Wir haun ja ins Schilf rein!«

Der General entschuldigte sich. Er ruderte weiter. Es blitzte und donnerte jetzt fast ununterbrochen.

»Schießen tut's auch wieder«, sagte Güssel.

»Wumbh«, macht es plötzlich dicht neben ihnen im Schilf.

»Wumbh. Wumbh.« Es klang tief und dumpf, ganz so, als

würde auf eine ertrunkene Pauke geschlagen.

»Was war das?«, fragte der General atemlos.

»Das war se«, flüsterte Güssel.

»Ja, aber wer denn nun bloß!«

»Die Rohrdommel«, sagte Tobias.

»Noch nie gehört.«

»Nee –?« Tobias ließ behutsam das Endblei ins Wasser und stellte den Schwimmkorken ein. »Die hörn wir hier jeden Tag.«

(1948)

Das Versäumnis

Der Tag, den Dubielzek sich ausgesucht hatte, um seinem Leben ein Ende zu bereiten, unterschied sich in nichts von der Kette all jener anderen Tage, während der dieser Entschluss unabweisbar in ihm gereift war. Als Erstes fielen die kreischenden Schreie der Mauersegler in sein erwachendes Bewusstsein, sie kamen von sehr hoch her, und Dubielzek, das Gesicht noch schlafschwer in der Armbeuge vergraben, verstand sie nicht gleich einzuordnen, es waren heiser schwirrende Pfeile für ihn, die klirrend aufs Hofpflaster prallten.

Doch dann drang von der Münzstraße das Quietschen der Elektrischen herüber, die Ecke Weinmeisterstraße in die Kurve einbog, und nicht lange, und in die immer vertrauteren Morgengeräusche drängten sich auch das Handglockengeklingel des Bolle-Milchwagens und das von vielfachen Echos verstärkte Teppichklopfen hinein, und da wusste Dubielzek auf einmal, jetzt war es so weit.

Er richtete sich auf und schwenkte die Beine über die Bettkante; es tat gut, Boden unter den Füßen zu haben; auch wenn er noch so muldig und abgenutzt war; er lebte, und die auf- und niederwippenden Zehen streichelten ihn wie das kahl gescheuerte Fell eines alten und treu ergebenen Hundes. Ella schlief noch; ihr Atem war unwissend, er ging rhythmisch und ruhig. Der Streit gestern Abend hatte seine Spuren sowohl hier im Zimmer wie nebenan in der Wohnküche unübersehbar hinterlassen. Die Bleikristallvase war vom Kanapeeaufbau gefallen, den Papierblumenstrauß in ihr hatte eine Stiefelsohle zertreten, und irgendein harter Gegenstand, Ellas Schlüsselbund wohl, hatte die Glastür der pendellosen Wanduhr zerbrochen, die als Arzneischränkchen diente. Auf dem Küchentisch lag Dubielzeks Schildmütze neben dem gestern geschnittenen Lauch noch ebenso da, wie er sie am Abend hingeschleudert hatte.

Jeden Abend, jeden Tag würde es wieder so sein, bis es einmal klopfte frühmorgens, laut, ungeduldig; da wäre dann nur das Fenster noch übrig, und wer konnte wissen, ob einem der Weg bis dahin nicht von Ella verstellt würde, oder die vier Etagen bis runter einem nicht vielleicht doch ein bisschen zu hoch wären.

Nein, nein, Revolver war besser; Hauptsache, es hatte das Ding inzwischen keiner gefunden, denn er konnte es ja nicht mit nach Hause nehmen, vor Ella war keine Tasche, keine Schrankritze sicher; doppelt nicht mehr, seit er die letzten fünfzehn Mark Unterstützung für den Revolver angelegt hatte.

Während er in der Küche den Kopf unter den Strahl der Wasserleitung hielt, dachte er wieder an den Mann, dem er ihn abgekauft hatte. Das war ein flinkäugiger, maulschneller Bursche gewesen, er hätte Dubielzek auch einen Satz Handgranaten oder ein komplettes Reichswehr-MG verkauft; Waffen gab es, seit die Genossen auf bürgerlich machten oder zu den Braunen abgeschwenkt waren, genug. Dubielzek spürte wieder den Messinggeschmack auf der Zunge; er kam immer, wenn er an die Genossen dachte, und einmal, damals, als das Zentral-Komitee den Instrukteur geschickt hatte, dessen Aufgabe es war, den Kadern Ruhe anzuempfehlen und der Losung Gehör zu verschaffen, dass es zu früh sei, um loszuschlagen, einmal war ihm vor Ekel und Überdruss sogar ein Blutstrahl aus der Nase geschossen; der Instrukteur und die Genossen hatten sehr über dieses, wie sie es nannten, allzu deutliche Sinnbild gelacht; aber jener Messinggeschmack war seither nicht mehr gewichen.

Dubielzek stülpte sich die Mütze auf und sah noch einmal ins Zimmer zurück. Der Schlaf hatte Ellas Züge gelöst, die Schärfe aus ihnen war verschwunden, fast schien es, sie lächle. Sie war keine schlechte Frau, Dubielzek liebte sie noch immer. Doch Liebe nützte jetzt nichts; nicht mal Ellas Vertrauen wäre ja eine Hilfe gewesen. Schließlich, worauf sollte es ruhen; einem Mann, der sich weigerte, seine Gesinnung zu ändern und mit dieser Halsstarrigkeit, oder was es nun war, ständig ärger in Ungelegenheiten geriet, sodass es allmählich schon keine Möglichkeit mehr gab, noch irgendwo eine Arbeit zu finden, die nicht indirekt dem Regime nützte –: Wo war einem solchen Mann denn noch mit Vertrauen zu helfen? Nein, Ella hatte, von sich her gesehen, ganz recht, ihm seine Arbeitslosigkeit vorzuwerfen. Gab es seit dreiunddreißig für einen geschickten Maurer wie ihn nicht Arbeit genug? Übergenug: nur zuzugreifen hätte er brauchen, und eines Tages wäre hinter Ellas vergrämtem Mäusegesicht wieder ihr Mädchenlächeln erschienen.

Er schloss angehaltenen Atems die Korridortür und lief, schneller als sonst und mit gluckernden Eingeweiden, die Treppe hinunter. Erst nachdem er den Hinterhof überquert hatte und durch den Flur des Vorderhauses ging, fiel ihm ein, dass er sich auch ebenso gut Zeit lassen könnte; der Revolver wartete, und dieser Junitag heute war lang. Die Sonne auf der Straße behandelte ihn allerdings gar nicht wie einen alten Bekannten, ihr Licht schlug so grell und ungestüm auf ihn ein, dass ihm, im unsicheren Weitergehen, die Schläfen zu dröhnen begannen und er sich anstrengen musste, nicht die Augen zu schließen. Er führte es anfangs auf seinen leeren Magen zurück; bald aber wurde ihm klar, es hatte einen anderen, einen weit hinterhältigeren Grund. Jetzt, da unumstößlich feststand für ihn, dieses Leben, das ihn zwingen wollte, sich selbst zu verraten, verlohne sich nicht, jetzt fing dieses selbe Leben auf einmal an, sich von seiner Schauseite zu zeigen:

Alles war glanzvoll, jungfräulich und von keinen Unkeuschheitsblicken entweiht. Papier lag im Rinnstein von einer Leuchtkraft, die ihm Herzklopfen erregte; Brandmauern stiegen in den achatblauen Himmel, deren benzinfunkelnder Grind ihm wie das senkrecht stehende Flugbild einer neu erschaffenen Erde erschien; Pflastersteine verlockten, ihnen die Hände auf die elefantenhäutigen Schädeldekken zu legen, und Litfaßsäulen gab es, deren Buntheit war hundertfache Umarmungen wert.

Dubielzek ballte die Fäuste in den Hosentaschen, dass die Nägel in die Handballen drangen; nie, vor keinem ehemaligen Genossen, der jetzt, erinnerte man ihn an die Kampfzeit, nur die Schulter zu zucken vermochte, hatte eine solche Wut ihn befallen wie nun. Er war nicht fähig einzusehen, worauf diese Wut zielte, er spürte sie nur, spürte sie brennend unter der Kopfhaut, zitternd in den Knien, kochend hinter den Augen:

Das Leben war schön; doch es log. Es hatte dreiundvierzig Jahre, zehn Monate, anderthalb Wochen gelogen, um ausgerechnet heute die Wahrheit zu sagen. Oder es log ausgerechnet heute, weil es dreiundvierzig Jahre, zehn Monate, anderthalb Wochen die Wahrheit gesagt hatte; eine graue, eine elende, eine sinnlose Wahrheit, die Dubielzek zu dem gemacht hatte, was er jetzt war. Er wusste den genauen Sachverhalt nicht, er wusste nur, ob Wahrheit oder Lüge, es war zu spät, ihn zu locken; auch Schaftstiefel glänzten, auch Standartenspitzen verstanden zu funkeln, auch Uniformen kannten die Überredungskünste der Farben.

Er hatte es nicht gewollt, plötzlich jedoch sah er die Toreinfahrt neben sich gähnen, sah die blank gescheuerten Radabweiser rechts und links, die die Form von kopfstehenden Fischen hatten, und sah dahinter die verrottete Krautkiste stehen, und da roch er auch schon die faulenden Kohlstrünke und nahm, halb uneingestanden noch, wahr, seine Füße gingen hinein, er trug das Torbogendunkel auf den Schultern ein Stück in den Lagerhof vor, und dann stand er auf einmal dicht vor der Mauer und blickte sich um.

Er hatte Glück, es war niemand zu sehen. Sekundenlang schlug das Herz ihm wie eine Sturmglocke im Hals, darauf griff er, sich bückend, hinter die Kisten, und jetzt hatte er den Revolver gefasst und zog ihn hervor.

Fast im gleichen Moment ließ das Herzklopfen nach, der Messinggeschmack auf der Zunge zerging, und aufatmend gestand Dubielzek sich ein: er war kein Feigling; denn nicht die *Erwartung*, sondern die *Furcht*, der Revolver könne verschwunden sein, hatte ihn unruhig gemacht. Nun war er ruhig, ruhig wie lange nicht mehr. Die Hand in der Tasche um den kühlen Stahl des Revolvers geschlossen, trat er wieder auf die Straße hinaus; vier Schuss im Magazin, einer vorm Lauf: so bot die erste Gewissheit sich dar, auf die wirklich Verlass war.

Er hatte befürchtet, jetzt wieder mit normalen Augen sehen zu müssen; doch die Verzauberung blieb. Sonnenstäubchen standen zu geballten Goldsäulen vor den Kassen der Tageskinos an, über der Markthalle schrieb ein silbern gleißender Taubenschwarm mit weit ausholendem Schnörkel Dubielzeks Anfangsbuchstaben ins Blau, und es war auch wieder, bemerkte er jetzt, aus irgendeinem Grunde geflaggt. Das verschossene Rot der windstillen Fahnen gerann vor den körnig grauen Hausfassaden und den bleiern spiegelnden Fenstern beinah zu Rost, und wären nicht die frisch aufgenähten weißen Kreise mit den kohlschwarzen Hakenkreuzemblemen gewesen, Dubielzek hätte es zum ersten Mal in seinem Leben fertiggebracht, an Fahnen nur die Farbe zu sehen. Menschen waren jetzt kaum unterwegs; dabei wäre er gern noch möglichst vielen begegnet; undeutlich war ihm, die Endgültigkeit seines Entschlusses und die einmalige Überlegenheit, die ihm der Revolver verlieh, befähigten ihn, sie, die er bisher, ihres schnellen und feigen Frontwechsels wegen, oft fast gehasst hatte, nun doch zumindest bedauern, wenn nicht gar, eine letzte Ewigkeitssekunde lang, lieben zu können.

Aber sicher war auch das nur ein Trick, dessen sich das ratlose Leben bediente, um diese triste Partie, wenigstens so hart vorm Schluss noch, leidlich interessant zu gestalten. Immerhin, Dubielzek war bereit, jenen Trick gelten zu lassen; im Wettbüro stand spaltbreit die Tür auf, und mit leicht angehobenen Schultern schob er sich hinein. Der Schalter des Buchmachers war geschlossen; der riesige Ventilatorpropeller an der Decke fing an, träge zu werden, kaum dass er noch die überall auf dem Boden verstreute Zigarettenasche bewegte. Abwesend überflog Dubielzek auf einer der Rennlisten die angekreuzten Favoriten. Über ihm lief ein Radio im Haus; jemand sprach, und Beifall prasselte alle paar Augenblicke dazwischen.

Wie lange war es her, dass sich, nach der Festnahme Thälmanns, hier, hinter der verschlossenen Tür, die Kaderobleute schworen, die Genossen nun fester denn je zusammenzuschweißen? Jahrzehnte anscheinend; es war schon gar nicht mehr wahr. Denn auch das war ja Lüge gewesen, Kader auf Kader zerfiel, manchmal schimpften noch zwei heimlich zusammen, manchmal polierte einer vorm Schlafengehen noch seinen Schlagring; manchmal wurde auch, weniger zart, einer, der versäumt hatte, wie die anderen seine Gesinnung zu ändern, blutig geschlagen oder kurz vor Tagesbeginn in ein Auto gezerrt.

Dubielzek sah wieder das unbeirrt lächelnde Gesicht des Instrukteurs vom Zentral-Komitee vor sich und hörte ihn in gebrochenem Deutsch beschwörend das Wort Ruhe aussprechen. Er spuckte aus, der Speichel schmeckte plötzlich wieder nach Messing.

Erst jetzt fiel ihm dann draußen im Weitergehen auch die Leere auf, die ringsherum herrschte, nicht mal das Straßenfegerdepot unter der Stadtbahn-Unterführung war heute besetzt, und aus der Markthalle drang, statt des gewohnten Stimmengewirrs, einzig jene unwirkliche Radiostimme hervor.

Sie schien jetzt fertig zu sein, denn als Dubielzek hinter der Halle den angenehm dunklen Schankraum der alten

Destille betrat, brandete im Lautsprecher über der Theke gerade vieltausendkehlig das Deutschlandlied auf. Der Wirt rührte sich nicht; die Arme über dem Ausschank gekreuzt, starrte er unbewegt an Dubielzek vorbei, auf den hitzeflimmernden Asphalt hinaus. Sonst saß nur, in ihrem schwarzen Arbeitskittel, eine der Verkäuferinnen von Wertheim am Tisch und stocherte missmutig und mit stumpf funkelnden Brillengläsern in einem aufgeklappten Rollmops herum.

Dubielzek füllte sich, ständig die Rechte in der Tasche um den Revolver geballt, ein Glas Bier ab und leerte es, ohne dabei die Augen zu schließen, auf einen Zug aus. Seine Linke zitterte, als er das Glas wieder absetzte; er wusste jetzt: eine halbe Stunde noch höchstens, dann musste es endgültig geschehen; das Lied, das inzwischen die Nationalhymne im Radio abgelöst hatte, verhöhnte ihn schon. Er nickte schluckend dem Wirt zu und ging; sollte er sich an Ella halten mit der Einlösung des Kredits.

Dubielzek gab nun nicht mehr acht, wie er lief, er hätte auch blind zum Kupfergraben gefunden; dort nämlich, vom Lustgarten aus noch ein Stück weiter nach links, zur Inselbrücke hin, dröhnten die Stanzmaschinen einer Knopffabrik am Kanal; beugte er sich weit genug übers Gitter, hatte er beides: Lärm, der den Schuss übertönte, und Wasser, das erst mal für Geheimhaltung sorgte.

Die Straße entlang war plötzlich Betrieb; ein breiter Menschenstrom wälzte sich Dubielzek vom Dom und vom Schloss her entgegen; zusammengerollte, in schwarzen Wachstuchumhüllungen steckende Fahnen tanzten über den Köpfen; schlappe, beidseits halb eingedrehte Spruchbänder glitten, mit ihren Stielen wie Bojen in der Schulterflut steckend, heran, und überall leuchteten Uniformen, Dolchgehänge und Armbinden auf und waren in den erhitzten Gesichtern noch Begeisterungsspuren und das leere, gleichmachende Lachen allseits empfundener Zusammengehörigkeit zu entdecken.

Waren sie das, nach denen Dubielzek sich vorhin auf der ausgestorbenen Memhardtstraße beinah gesehnt hatte? Die Lippen aufeinandergepresst, den Mützenschirm über die Nasenwurzel gezogen, arbeitete er sich durch die gegen ihn Anstürmenden hindurch.

Nein; sie waren es nicht; er hatte richtig vermutet: Er war einem Trick aufgesessen; das Leben hatte nur seine Abschiedssentimentalität ausgenutzt, weiter nichts; um sich schlagen, jedem dieser Herdenangehörigen die Faust vor die Stirn hämmern und das Denken dahinter wieder in Gang setzen hätte er mögen. Er spürte, was jetzt in ihm aufstieg, war mehr als Wut, war Ekel, Verzweiflung, war ein sengender Zorn ohne Ziel; er schluckte ein paar Mal; Messing, er hatte einen Messingknebel im Mund.

Doch gerade als er in eine Seitenstraße ausscheren wollte, um endlich wieder alleine zu sein, staute sich die Menge um ihn herum und wurde auf dem Fahrdamm vor ihm wie von einem unsichtbaren Schiffsbug nach rechts und nach links beiseitegespült. Eine Bresche entstand, ein Schreien schwoll an, Palisaden von schräg hochgereckten Armen wuchsen über den Köpfen empor, Dubielzek wurde nach rechts und nach links und dann an den Rinnstein nach vorne gedrängt, und nun kam die Bresche, beinah im Schritt, ein großer, offener, schwarz glänzender Wagen herab und dort, neben dem Fahrer in SA-Uniform, dort stand er:

Die Linke am Koppelschloss, die Rechte mit angewinkeltem Arm flach an der Schulter nach hinten gebogen und blickte, ohne dass sich etwas an ihm bewegte, standbildhaft starr geradeaus.

Noch nie, in keiner Wochenschau, hatte Dubielzek ihn so nahe gesehen; und näher, immer näher glitt jetzt das Auto mit ihm heran; noch zehn Meter, noch acht, noch sechs, fünf, vier ... Und nun war das stirnsträhnenverbrämte Mördergesicht mit dem viereckigen Bartfetzen unter der Nase auf einer Höhe mit ihm, und Dubielzek konnte deutlich über die kaum merklich mahlenden Kaumuskeln hin den Schweiß rinnen sehen.

Er schluckte; aber das Würgen in der Kehle hörte nicht auf, und sein Herz schlug plötzlich wieder so rasend, dass er zu keuchen und das Blut ihm aus den Schläfen zu weichen begann. Er wankte, er presste sekundenlang die Augen zu; gelbe, grüne und lila Kreise erschienen, und dann war durch einen jäh zerreißenden roten Schleier hindurch und über Hunderte von weiterflutenden Köpfen und Schultern hinweg, fern auch noch einmal der glänzende schwarze Wagen zu sehen. Aber nur kurz, denn auch Dubielzek wurde weitergeschoben, wieder zurück; doch er nahm es nicht wahr, er spürte jetzt nur noch seine in der Hosentasche vergrabenen Handflächen brennen, besonders die rechte; ihm schien, er habe die Faust um eine glühende Kohle geballt, etwas Sengendes, Hartes saugte, wie das Zentrum eines stählernen Krampfes, die Finger zusammen. Er zog es hervor: der Revolver. Taumelnd, weitergestoßen, vorwärtsgedrängt, ließ Dubielzek ihn fallen.

(1960)

Freundschaft mit Adam

Es war merkwürdig; monatelang hatte er, mit den anderen Jungen zusammen, in den Kranken nichts als eine Art Zeitvertreib gesehen; doch jetzt, wo es hieß, sie müssten drinbleiben in der Anstalt, ihr Anblick bedeutete eine Zumutung, und das gesunde Volksempfinden begehrte, wie die Zeitung schrieb, gegen eine solche Provokation auf, jetzt merkte er plötzlich, dass er die Kranken vermisste. An jedem Mittwoch wusste er auf einmal nicht mehr, was er anfangen sollte; denn mittwochs waren sie immer spazieren geführt worden, und er und die anderen Jungen hatten sie jedes Mal dabei begleitet. Nicht, um sie vor den Passanten zu schützen, die sich schon eine ganze Weile gegen die Kranken empört hatten und sie auf der Straße, ohne dass die Pfleger allerdings Notiz von ihnen genommen hätten, oft regelrecht beschimpften, nein; sondern um sich anzubiedern bei ihnen, um sich ihnen einzuprägen, um ihnen zu zeigen, wie freundlich und nett man zu ihnen war.

Nämlich Donnerstag war Besuchszeit, und war die Besuchszeit vorbei, versammelten sich die Jungen immer auf dem verwilderten Platz gegenüber der Anstalt, der zum Friedhof gehörte, und dann führten sie den Kranken ihre Kunststücke vor, und die Kranken warfen ihnen die Geschenke runter, die ihre Leute ihnen mitgebracht hatten.

Das drohte nun auch einzuschlafen; seitdem die Kranken die Jungen nicht mehr aus der Nähe sahen, erlosch ihr Interesse an ihnen, und allmählich fingen so auch die Kranken an, den Jungen uninteressant zu werden. Nur Bruno wurden sie nicht uninteressant; im Gegenteil, seine Neugier erwachte jetzt überhaupt erst, und war er früher nur jeden Donnerstag unten vor der Anstalt gewesen, trieb er sich jetzt oft mehrere Tage hintereinander auf dem verwilderten Platz gegenüber dem Gebäude herum.

Einmal sah er etwas Seltsames. Ein Auto kam mit großer Geschwindigkeit die Wörthstraße heruntergejagt, der Pförtner riss so heftig das Tor auf, dass er sich auf seinen langen, schwarzen Kaftan trat und fast hintenübergestürzt wäre, und zwei Pfleger kamen angerannt, und der Chauffeur riss ebenso schnell die Schlagtür auf, und ein kleiner, verwachsener, heftig auf die Pfleger einredender Mann sprang heraus, und dann zerrten sie eine leblose, bärtige Gestalt aus dem Auto und rannten mit ihr, die sich willenlos nachschleifen ließ, über den Hof und verschwanden im Anstaltsgebäude.

Kaum war das Auto weg, da kam schon wieder eins an. SA-Männer sprangen heraus, sie hatten die Sturmriemen unter den Kinnen und zerrten wie wild an dem Klingelzug. Der Pförtner rührte sich nicht. Aber nach einer Weile kam Doktor Haustein über den Hof, er hatte wie immer seine dunkle Brille auf, und sein weißer Kittel tat den Augen weh in der Sonne. Er kam ganz allein. Ein paar Schritte vor den SA-Männern blieb er stehen und fragte, was sie wollten; nur das Eisengitter trennte ihn von ihnen. Sie schrien ihn an, er solle aufmachen und sie diesen verdammten Adam Geisberg rausholen lassen, der mit seiner Verrücktheit im ganzen Bezirk Prenzlauer Berg die Leute erschreckte. Das müsste ein Irrtum sein, sagte Doktor Haustein, einen Adam Geisberg gäbe es hier nicht.

Sie schrien ihn noch mehr an, aber er ließ sich nicht einschüchtern, und da drohten sie schließlich mit Gewalt einzudringen.

Doch inzwischen waren von überall her mit ihren lautlosen Turnschuhschritten die Pfleger gekommen und standen nun schweigend wie eine weiß gekalkte Mauer hinter dem Doktor. Das machte Eindruck auf die SA-Männer. Nur ihr Anführer brüllte immer noch weiter. Was sie sich herausnähmen, dass sie ihre Judensterne nicht trügen.

Wozu, sagte Doktor Haustein, sie wüssten ja hier alle voneinander, dass sie Juden wären.

Nicht nur sie wüssten es, schrie der Anführer.

Doktor Haustein zuckte die Schultern und schwieg, und darauf stiegen die SA-Männer wieder ein, schrien im Chor irgendein Schmähwort und fuhren weg.

Bruno hatte bald heraus, wo jener Adam Geisberg untergebracht worden war; im linken Außenfenster des zweiten Stocks sah er ihn wenige Tage darauf hinter dem Gitter stehen. Man hatte ihn kahl geschoren wie die anderen Anstaltsinsassen auch, doch er hatte noch seinen Bart. Er schien auch ebenso taubstumm zu sein wie die anderen, denn als Bruno ihm zur Begrüßung mit dem Katapult mal ein Schneckenhaus raufschoss, da trat er zwar gleich mit dem Schneckenhaus in der Hand ans Fenstergitter und sah zu ihm runter, doch er schwieg.

Und dann kam der Tag, wo Adam ihm, nachdem Bruno für ihn Rad geschlagen hatte, zum ersten Mal einen von diesen Weckern herabwarf. Zunächst konnte Bruno es sich nicht erklären.

Dem Wecker fehlte nämlich die Rückwand, sodass man ins nackte Werk sehen konnte. Aber die Rückwand war nicht einfach weg, sondern sie war sorgfältig an der Glocke des Weckers befestigt, und auch zwei Schrauben und eine kleine Feder, die alle ganz leicht wieder eingesetzt werden konnten, waren mit einem Zwirnsfaden an der Glocke festgebunden. Bruno reparierte den Wecker und verkaufte ihn an einen Trödler.

Am nächsten Donnerstag verspätete er sich etwas, sodass er nicht mehr herauskriegen konnte, ob der kleine Herr Geisberg, Adams Vater, wieder da gewesen wäre. Aber dann erschien Adam hinter dem Fenstergitter, und Bruno grüßte zu ihm rauf und lief ein Stück auf den Händen für ihn, und da warf ihm Adam wieder einen von diesen Weckern runter, und auch ihm fehlte die Rückwand, und auch ihm waren ein paar kinderleicht zu montierende Schrauben mit Zwirn an der Glocke festgebunden.

Diesmal entdeckte Bruno auch ein großes eingraviertes G im Innern des Weckers, und nicht lange, und er hatte heraus, dass Herr Geisberg Uhrmacher war und hoffte, mit jenen Weckern und den rausgedrehten Schrauben auch Adam für diesen Beruf zu interessieren. Bruno wunderte sich, wie Herr Geisberg das ernstlich hoffen konnte, denn das sah doch jeder, dass Adam für so einen Beruf nicht gemacht war. Er war auch sonst nicht für diese Welt gemacht; man merkte es seinem Blick an, wenn er, den Gitterschatten über dem Gesicht, zum Friedhof rübersah oder genauer: über den Friedhof hinweg; denn in Wirklichkeit war Adams Blick nirgends zu Ende, auch nicht bei Bruno; und der war nur immer erstaunt, wie Adam ihn bei dieser Abwesenheit, oder was es war, überhaupt wahrnehmen konnte.

Bisher hatte sich Bruno eigentlich für alle Kranken zugleich interessiert; sie waren eine Gruppe für ihn, keine Einzelnen. Lediglich der Pförtner mit seinem schwarzen, speckigen Käppchen und den langen, sorgfältig gedrehten Locken, die ihm über die Ohren herabhingen, und Doktor Haustein und zwei, drei Pfleger hoben sich für ihn aus dieser Gruppe heraus.

Aber im selben Maße wie die anderen Jungen, da sie die Kranken nun langweilig fanden, sich auch von Bruno entfernten, näherte Bruno sich Adam. Es war schon nicht mehr nur die Hoffnung, etwas von ihm geschenkt zu erhalten, was ihn jetzt fast täglich zur Anstalt trieb, es war auch bereits der Wunsch, Adam auf jeden Fall eine Freude zu machen, auch dann, wenn er ihm nichts dafür runterwarf; und er trug sich sogar mit dem Gedanken, einmal mit Herrn Geisberg zu reden, ob man Adam nicht etwas anderes geben sollte als nur immer harte, klirrige Wecker, mit denen er nichts anfangen konnte; irgendwas Weicheres, Anschmiegsameres vielleicht, das sich angenehm anfasste.

Sein Vater wusste genau, wo Bruno jeden Tag hinging.

Er hatte nichts gegen Leute wie Doktor Haustein und Herrn Geisberg; er war Arbeiter, und sein Wahlspruch war, es sollte jeder nach seiner Façon selig werden. Aber er war lange arbeitslos gewesen, und erst vierunddreißig hatte er wieder Arbeit bekommen; eine Autobahnbaufirma hatte ihn als Asphaltierer genommen; und er las jetzt auch nicht mehr den Vorwärts, sondern den Völkischen Beobachter. All das machte, dass sich sein Wahlspruch zugunsten derer verschob, denen er seine Stelle verdankte, und unmerklich fing er auch an, jenen, die auf andere Façon selig werden wollten als seine Brotgeber, das zu verübeln. Das heißt, unmerklich nur für ihn; Bruno merkte sehr gut, wie die Ansichten seines Vaters sich zu ändern begannen.

Eines Tages gab es deswegen den ersten Streit. Es war Lohntag gewesen, und sein Vater kam betrunken und zusammen mit einem Arbeitskollegen nach Hause, der auch betrunken war. Sie schickten ihn weg, Bier holen, und als Bruno wiederkam, sangen sie ein SA-Lied, und sein Vater grölte, dass er jetzt auch in die SA ginge. Bruno knallte den Siphon auf den Tisch und lief weg.

Es war Abend, und als er die Anstalt erreichte, waren alle Fenster, auch das von Adam, schon dunkel, und er lief auf den verwilderten Platz rüber und verkroch sich hinter einen Komposthaufen, der so warm war wie ein Ofen, und er dachte an die SA-Männer mit den runtergezogenen Sturmriemen, die damals den Doktor Haustein angeschrien hatten, und sah fast die ganze Nacht lang zu Adams Fenster hinauf, ob sich da nicht etwas bewegte.

Vielleicht hätte er am nächsten Tag nicht in der Schule fehlen sollen. Als sein Vater dahinterkam, nahm er sich Bruno vor, bis er heraushatte, wo Bruno die Nacht gewesen war. Er redete sehr lange und wortreich auf ihn ein, alle die neuen Gedanken aus der Zeitung waren dabei, und er fragte Bruno, ob er nicht wüsste, was so Leute, wie sie nun zufällig da unten im Judenasyl säßen, in Freiheit schon alles ausgeheckt hätten. Bruno schwieg und dachte an den kleinen Herrn Geisberg und an Adam und an den Pförtner und an Doktor Haustein, und plötzlich hörte er sich schreien, dass sein Vater endlich den Mund halten sollte, und hatte auf einmal das Bügeleisen in der Hand, und nur weil er beim Ausholen mit ihm an das Küchenspind stieß, klappte es nicht mit dem Wurf, und sein Vater konnte sich noch einmal heil, wenn auch sehr blass und zitternd, auf einen Stuhl fallen lassen. Das war der Tag, an dem ihm für immer verboten wurde, noch einmal zur Anstalt zu gehen. Doch es war auch der Tag, an dem er zum ersten Mal vor Adam stand und mit ihm sprach und spürte, dass ihn Adam, obwohl er taubstumm war, verstand. Und das kam so.

Um sich abzulenken, machte Bruno auf dem verwilderten Platz gegenüber der Anstalt Jagd auf Mäuse. Er war aber zu unkonzentriert; jedes Mal wenn er eine Konservenbüchse voll Wasser in eins der Löcher gekippt hatte, konnten die Mäuse, nass und niesend, entkommen. Eine einzige kriegte er. Er wickelte sie in ein Wegerichblatt und steckte sie in die Tasche. Da sah er drüben Adam am Fenstergitter stehen, und er lief rüber zu ihm und winkte ihm zu.

Adam hatte einen flachen, länglichen Karton unter dem Arm, den er jetzt unter dem Gitter hindurchschob; er gab ihm einen Stoß, und er kam glänzend und bunt und ohne sich ein einziges Mal zu überschlagen, heruntergesegelt und fiel klirrend neben Bruno aufs Pflaster. Es war ein Stabilbaukasten. Bruno hob ihn auf und reckte ihn Adam lachend oder wenigstens mit etwas, das so ähnlich war wie Lachen, entgegen; er wollte, dass Adam sähe, wie er sich über dieses Geschenk freute.

Auf einmal schwang knarrend das Eisentor auf, und als Bruno herumfuhr, stand da der Pförtner, und neben dem Pförtner Herr Geisberg.

Brunos erster Gedanke war: wegrennen; aber wohin? Es war klar, er gehörte nicht zu ihnen, aber er gehörte auch nicht zu den anderen. Unsicher ging er auf die beiden zu. Das wäre der Bankert, der dem Adam immer die Geschenke abluchste, sagte der Pförtner.

So, so, sagte Herr Geisberg und sah Bruno über seinen Zwicker weg blinzelnd an.

Er würde den Stabilbaukasten gern zurückgeben, sagte Bruno; aber wäre es nicht besser, Herr Geisberg brächte Adam mal irgendwas Sanftes mit, vielleicht ein Stofftier oder eine Puppe oder so was?

Herr Geisberg zog die buschigen Brauen hoch. Ob er das nicht lieber seine Sache sein lassen wollte.

Bruno sagte, er hätte es nicht böse gemeint; doch er spürte, sie glaubten ihm nicht, sie dachten, dass er sich herausreden wollte. Er schämte sich, und er ärgerte sich, dass er die Wecker alle verkauft hatte. Aber er hatte ja noch das Geld. Wenn Herr Geisberg einverstanden wäre, sagte er hastig, würde er Adam gern mal selber was kaufen. Er merkte, es klang noch unglaubwürdiger als das vorher, und viel fehlte nicht, und er wäre jetzt doch noch weggelaufen.

Aber da sagte Herr Geisberg, schön, wenn ihm so viel daran gelegen wäre, das wieder ins Reine zu bringen, dann könnte er Adam den Stabilbaukasten ja selber zurückgeben.

Bruno musste erst einen Augenblick den Atem anhalten, sein Herz schlug zu schnell. »Ja«, sagte er heiser, »gern.«

Der Pförtner brachte sie zum Pfleger vom Dienst. Den kannte Bruno; er war immer an der Spitze des Zuges gegangen, als die Kranken mittwochs noch spazieren geführt werden durften. Er sah Bruno angewidert an, während er mit lautlosen Turnschuhschritten neben Herrn Geisberg einen der langen Gänge entlanglief. Bruno versuchte, seinen Blick zu erwidern, freundlicher nur; doch es gelang nicht, es war zu viel Hass in den Augen des Pflegers.

Der klopfte jetzt an eine Tür und trat in ein abgedunkeltes Zimmer, in dem eine grüne Tischlampe brannte. Es roch nach Apotheke und verbrauchter Luft aus dem Türspalt, und gleich nachdem der Pfleger hineingegangen war, kam Doktor Haustein heraus.

Er sah Bruno durch seine dunkle Brille flüchtig an. Ah, er wäre es; gut, gut; sie sollten nur mitkommen.

Sie stiegen die Treppe hinauf, und Herr Geisberg erzählte unterwegs heftig gestikulierend, was passiert wäre; aber mehr als ›gut, gut‹ antwortete Doktor Haustein ihm nicht. Der Doktor sah sehr bleich aus, man merkte ihm an, er war schon lange nicht mehr an der frischen Luft gewesen. Am Ende des Ganges, vor einer narbigen Zimmertür mit der Zahl 117, blieb er stehen. Bruno schloss einen Moment lang die Augen, das Blut klopfte ihm so heftig in den Schläfen, dass er den Doktor erst hörte, nachdem er schon drei, vier Sätze gesprochen hatte.

Die Stimme des Doktors klang müde, aber nicht unfreundlich. Sie würden solange hier warten, sagte er; wenn Bruno raus wollte, sollte er an den Türrahmen klopfen. Er öffnete die innen gepolsterte Tür und schob Bruno hinein.

Es war ein einfacher, grau gestrichener Raum. Bett, Tisch, Hocker; alles festgeschraubt. Adam hatte ihn nicht bemerkt, er stand mit dem Rücken zu ihm am Fenster und sah auf den Friedhof hinaus. Ein unruhiger Sonnenkringel tanzte auf seinem kahl geschorenen Kopf, und an seiner eingefallenen, bärtigen linken Wange vorbei konnte Bruno drüben auf dem verwilderten Platz die abgestorbene Pappel erkennen.

Eine seltsame, nie gekannte Ruhe kam plötzlich über ihn. Das Herzklopfen verebbte; das Dröhnen des Bluts in den Schläfen ließ nach; es gab keine Schule mehr, keinen Vater und keine Angst, ihm war, als wäre er in ein uralt vertrautes, nur lang vergessenes Zuhause zurückgekehrt. Adam war ihm nicht fremd, er war sein Bruder. Bruno hatte ihn verlassen, ja; aber Adam hatte auf ihn gewartet; dort stand er.

Bruno trat neben ihn und sah zu ihm auf. »Adam«, sagte er. Langsam, ohne Staunen, blickte Adam auf ihn herab;

aber nur kurz, dann sah er wieder hinaus auf den Friedhof. Eine Amsel schreckte drüben in einer Buchsbaumhecke, und von der Friedhofsgärtnerei rüber konnte man hören, wie ein schäumender Wasserstrahl in eine Gießkanne schoss.

Bruno wusste nicht, wie lange er so neben Adam gestanden hatte, als er auf einmal einen kühlen Lufthauch hinter sich spürte. Er drehte sich um, und da stand Doktor Haustein im Türrahmen, sein Gesicht war merkwürdig leer, und er sah Bruno jetzt unverwandt an.

Warum er Adam den Stabilbaukasten noch nicht gegeben hätte. Er hätte es vergessen, sagte Bruno.

Na, aber was er denn dann bloß die ganze Zeit da drin gemacht hätte, rief auf dem Gang draußen Herr Geisberg erregt.

Bruno wusste nicht, was er antworten sollte.

Schon gut, sagte Doktor Haustein ungeduldig nach draußen, und zu Bruno: er schlösse jetzt noch mal so etwa zwei Minuten die Tür, genügte das?

Ja, sagte Bruno.

Er wartete, bis sich die Tür wieder schloss, dann hob er vorsichtig Adams Arm an und schob ihm den Stabilbaukasten darunter. Doch er passte so wenig zu Adam, dass es Bruno einen Stich gab; schnell zog er den Karton wieder hervor und warf ihn auf den Tisch und überlegte, was er Adam als Ersatz geben könnte. Da fiel ihm die Maus ein. Er wickelte sie aus dem Wegerichblatt und hielt sie ihm hin. Adams Blick kam aus dem Wesenlosen zurück und senkte sich auf die Maus. »Ich schenk sie dir«, sagte Bruno.

Adam nahm sie behutsam und blies sie an.

»Sie ist tot«, sagte Bruno.

Aber das bedeutete für Adam nicht viel, er trug sie zum Bett und fing vorsichtig an, sie trocken zu reiben.

»Versteck sie lieber«, sagte Bruno und hob das Keilkissen an. Adam nickte und legte die Maus darunter, und da ging auch schon die Tür auf, und Doktor Haustein sah rein, und

Bruno gab Adam die Hand, und dann ging er. Von diesem Tage an fand Bruno sich zu Hause und in der Schule nicht mehr zurecht; Adams Zimmer war die Mitte der Welt, Bruno sah nicht ein, warum er sich da noch an ihrem Rand aufhalten sollte. Sein Vater beschwor ihn zwar, doch nicht immer so fremd und abweisend zu sein, und er hätte das neulich doch nicht wörtlich gemeint, und wenn Bruno unbedingt darauf bestände, also in Gottes Namen, dann träte er auch nicht in die SA ein. Aber er hätte Bruno versprechen können, was er wollte, es erreichte ihn nicht mehr.

Trotzdem ließ er jetzt erst mal ein paar Tage verstreichen, ehe er wieder zur Anstalt ging. Er füllte sie aus, indem er vor dem Kaufhaus EPA auf Fahrräder aufpasste. Das war kein Verrat, nein; er passte ja nicht für sich selber auf die Fahrräder auf, sondern für Adam. Denn das Geld, das er vorhatte hierbei zu verdienen, fehlte ihm noch an der Summe, die ein Ball kostete, den er Adam bei seinem nächsten Besuch mitbringen wollte.

Eines Donnerstags hielt eine Taxe vor EPA. Er rannte hin und riss die Schlagtür auf; doch es stieg niemand aus. Da sah er hinein. Zuerst erblickte er den gelben sechszackigen Stern auf dem Mantel, dann erst hatten die Augen sich an das Dunkel gewöhnt, und er erkannte Herrn Geisberg; sein Mantel war ihm zu groß, er versank fast in ihm; auch der Hut schien ihm zu groß zu sein, und eigentlich sahen nur die scharf gebogene Nase und der blitzende Zwicker oben heraus.

Nett, dass er gleich gekommen wäre, sagte er hastig; er hätte ihn da an der Eingangstür stehen sehen, und ob Bruno nicht Lust hätte einzusteigen und mit ihm zusammen zu Adam zu gehen.

Bruno musste erst einen Augenblick warten, bis das Herzklopfen wieder nachließ. Aber dann dachte er an den Ball. Nein, sagte er, es ginge nicht.

Schade, sagte Herr Geisberg; aber vielleicht könne er trotzdem einen Moment reinkommen.

»Ja«, sagte Bruno, »gern.«

Er stieg ein, und Herr Geisberg sagte dem Chauffeur, er solle langsam noch ein bisschen die Berliner Allee runterfahren und wieder zurück. Dann schwieg er, und sie sahen beide rechts und links auf die vorbeigleitenden, grell von der Sonne beschienenen Häuser hinaus.

»Du hast recht«, sagte Herr Geisberg plötzlich, ohne ihn anzusehen.

»Womit?«, fragte Bruno.

»Es war falsch«, sagte Herr Geisberg.

Jetzt verstand Bruno ihn. »Es war nicht falsch«, sagte er, »es war ein Versuch.«

Herr Geisberg schüttelte heftig den Kopf. »Ich mach es schon seit über zehn Jahren, dass ich ihm irgendwas zum Basteln aufdränge.«

»Sie sind Uhrmacher«, sagte Bruno; »und er ist ihr Sohn.«

»Ich war blind«, sagte Herr Geisberg.

Sie mussten aufhören zu reden, eine Lastwagenkolonne raste polternd und mit knatternden Motoren an ihnen vorbei. Die Wagen waren mit staubbedeckten, dicht aneinandergedrängten SA-Männern beladen; sie hatten die Sturmriemen unter den Kinnen, eine Hand auf die Koppelschlösser gelegt und sangen; man hörte sie nicht, Bruno sah es nur an den auf- und zuklappenden Mündern. Herr Geisberg rieb sich, bis die Kolonne vorbei war, mit geschlossenen Augen die Nasenwurzel; dann setzte er seinen Zwicker wieder auf.

»Er ist sehr verändert, seitdem du bei ihm warst. Dabei hat er den Stabilbaukasten nicht angerührt.«

Bruno schwieg.

»Wenn du ihn wieder mal besuchen willst: Doktor Haustein lässt dich auch außerhalb der Besuchszeit rein.«

Der Wagen hatte gewendet; er bog nun wieder in die Wörthstraße ein, und Herr Geisberg bat den Chauffeur, vor EPA zu halten, und Bruno stieg aus.

»Ich selber schaff es nicht«, sagte Herr Geisberg und beugte sich raus und sah an Bruno vorbei; »ich hab schon zu lange gehofft, dass er vielleicht doch mal an einem Uhrwerk oder so was Gefallen findet; da kann man nicht plötzlich auf Kinderspielsachen umschalten.«

»Nein«, sagte Bruno.

Herr Geisberg schluckte. »Aber *du* schaffst es. *Du* weißt, was ihm Freude macht.«

Er zog die Schlagtür heran und beugte sich noch einmal aus dem Fenster; sein Zwicker war ganz beschlagen, er wirkte wie blind. »Beim Pförtner liegt ein bisschen Geld; kauf ihm hin und wieder was für.« Dann fiel Herr Geisberg ins Wagendunkel zurück, und die Taxe fuhr an.

Nein, Bruno dachte nicht daran, was von Herrn Geisbergs Geld zu nehmen, es sollte *sein* Geschenk sein. Und es kam ja auch nicht darauf an, dass Adam oft was erhielte, sondern es kam darauf an, dass er einmal das Richtige kriegte; und das Richtige war der Ball.

Es dauerte drei Tage, dann hatte Bruno die noch fehlenden Groschen verdient und ging ihn holen. Es war ein sehr schöner Ball, jedenfalls der schönste, den Bruno jemals gesehen hatte: grün lackiert, und in regelmäßigen Abständen kreuz und quer mit feinen goldenen Streifen versehen. Er versteckte ihn erst und wartete eine Gelegenheit ab, bis sein Vater einmal später nach Haus käme. Sie ergab sich bald; ein neuer Autobahnabschnitt wurde eingeweiht, da war eine Betriebsfeier fällig; und am selben Nachmittag machte Bruno sich mit dem Ball auf den Weg.

Von da an, wo die Häuser aufhörten, lief die halbe Wörthstraße runter trippelnd eine Haubenlerche vor ihm her; stahlblaue Brummer sonnten sich auf der roten Backsteinmauer des Friedhofs, und aus den Laubenkolonien gegenüber wehte ein schwacher Duft von faulendem Fallobst und frisch gebrühtem Kaffee herüber. Adams Fenster war zu; sicher schlief er. Aus keinem der anderen Fenster drang irgendein Laut. Fast scheute sich Bruno zu läuten, und er erschrak auch, als dann im Pförtnerhaus drin die Glocke aufgellte; so misstönend hatte er sie nicht in Erinnerung.

Was es gäbe, fragte der Pförtner mürrisch. Er schien geschlafen zu haben, er reckte seinen faserigen Bart hoch und blinzelte geblendet in das Sonnenlicht. Da erkannte er Bruno.

Ach, und er wagte es, nach dem, was er angestellt hätte, noch mal wiederzukommen?

Angestellt, fragte Bruno, was denn angestellt? Na, das mit dem Adam Geisberg, sagte der Pförtner. Brunos Hände umkrampften den Ball. Er verstände ihn nicht.

Er würde es gleich verstehen, sagte der Pförtner, Moment. Bruno hörte ihn drin telefonieren; dann kam er rausgeschlurft und schloss auf, und Bruno folgte ihm betäubt ins Anmeldezimmer.

Eine silbrig weiße Kette von Knoblauchknollen hing an der Tür unter dem Kalender; der Hörer lag noch, drohend und schwarz, auf dem Tisch.

Er sollte rangehen und sich melden, sagte der Pförtner. Am anderen Ende der Leitung atmete jemand. Bruno fragte, wer da wäre.

Doktor Haustein, sagte eine kalte und unpersönliche Stimme; ob er schon wüsste, dass Adam einen bösen Tobsuchtsanfall gehabt hätte.

Etwas riss so heftig an Brunos Herz, dass er sich auf den Tisch stützen musste. »Nein«, sagte er heiser. Aber sicher könnte er sich vorstellen, warum?

»Nein«, sagte Bruno.

»Wegen der Maus«, sagte die Stimme.

»Aber warum habt ihr sie ihm denn nicht gelassen!«, schrie Bruno.

»Hör mal«, sagte die Stimme, »das Ding ist etwa schon acht Tage tot, und es ist Sommer.«

Bruno zitterte. »Ich muss zu ihm.«

»Nein«, sagte die Stimme, »damit ist Schluss jetzt.«

»Aber ich hab doch den Ball!«

»Den Ball –?« Der Stimme war auf einmal wieder anzumerken, dass sie Doktor Haustein gehörte. »Was für einen Ball?«

Bruno erklärte es hastig und beschrieb den Ball auch. »Aha«, sagt Doktor Haustein, »so, so. Schön«, sagte er plötzlich, »komm rüber.«

Er stand schon mit ein paar Pflegern zusammen ungeduldig vor seinem Zimmer, als der Pförtner Bruno brachte. Ja, sagte er, das wäre wirklich ein schöner Ball; fänden sie nicht?

Die Pfleger schwiegen.

»Gut, gut«, sagte der Doktor gereizt, »also dann los.«

Sie stiegen die Treppe hinauf und liefen mit ihren lautlosen Turnschuhschritten oben den Gang entlang, nur Brunos Schritte waren auf dem dumpfen Linoleum zu hören. Plötzlich hielt Doktor Haustein ihn am Arm fest, und sie blieben stehen, und der Doktor starrte mit angespannt leerem Gesicht die Decke an.

»Hört ihr das auch?«

Die Pfleger lauschten. Auch Bruno strengte sich an, weil er dachte, dass es Adam beträfe. Doch es war nur der monotone Regenruf des Buchfinks auf dem Friedhof drüben zu hören.

Aber als sie dann vor Adams Tür angelangt waren, hörten sie es alle: ein rumpelndes Dröhnen mit Motorenlärm dazwischen; und es näherte sich. Nur Bruno hörte es nicht, sein Herzschlag war lauter.

Ob er jetzt reindürfte.

Doktor Haustein sah ihn abwesend an; zum ersten Mal erkannte Bruno seine Augen hinter der Brille, sie wirkten sehr hell. »Schön«, sagte er; »aber beeil dich.«

Er nickte dem Stationspfleger zu, und der zog die Tür auf, und lautlos schwang sie hinaus auf den Gang.

Bruno blickte sich um; die Pfleger standen genauso wie damals hinter dem Doktor, sie sahen abweisend aus; doch er wusste: ein Schritt noch, und er gehörte zu ihnen. Und er presste den Ball an sich und trat über die Schwelle.

Fast im selben Augenblick schrillten überall auf den Gängen die Alarmklingeln, und die Pfleger hetzten los auf ihre Stationen, und Doktor Haustein schlug Adams Zellentür zu und rannte zur Treppe, und da hörte man auch schon das Bremsenquietschen der Lastwagen und das Aufheulen der Motoren, und geschriene Kommandos ertönten, und Nagelschuhschritte prasselten über den Hof, eine Tür wurde eingeschlagen, Fensterglas klirrte, und nun war das Unheil im Haus.

Um Bruno war Stille. Er hockte vor Adam und hielt ihm den Ball hin; die Abendsonne spiegelte sich in der grünen Lackschicht und warf den scharfen Schatten des Fenstergitters über die Wölbung. Adam saß starr und sehr steif auf der Bettkante, die Arme waren ihm auf den Rücken geschnallt gewesen; Bruno hatte ihn gleich befreit, aber Adam hielt sie noch wie gefesselt. Nichts in seinem Gesicht bewegte sich, alles war Stein.

»Adam«, sagte Bruno.

Er hob den Ball in Adams Blickfeld und drehte ihn sacht hin und her. Nicht lange, und in Adams Augen fing etwas an lebendig zu werden; und jetzt bewegte Bruno den Ball waagerecht an ihnen vorbei, und da lösten sie sich aus ihrer Erstarrung und folgten dem Ball und glitten wieder zu ihm zurück; und dann nahm auch der Kopf die Bewegung auf, und plötzlich besann Adam sich wieder auf seine Arme und streckte sie aus, und Bruno gab ihm den Ball.

Sie waren schon draußen im Flur. Bruno hörte sie; er hatte sie eigentlich die ganze Zeit über gehört, schon von da an, als Herr Geisberg Adam hergebracht hatte; sie waren ihm nichts Neues, neu war nur seine Angst: die Angst, er könnte nun doch noch von Adam getrennt werden. Aber er hätte sich gar nicht so an ihm festzuklammern brauchen, sie ließen sie zusammen; denn auch Adam hielt Bruno fest, Bruno mit dem einen Arm, mit dem anderen seinen Ball. Und so lud man sie auch auf; und so standen sie auch, als die Kolonne anfuhr, eng an die anderen Kranken gedrängt, auf dem vierten und letzten Lastwagen und blickten zurück. Die Anstalt lag so friedlich in der Abendsonne wie stets; ein linder Wind strich über ihr Efeukleid hin und ließ die glänzende Blätterfassade mal heller, mal dunkler erscheinen. Sie fuhren erst langsam und holpernd die kopfsteingepflasterte Wörthstraße hinauf, dann zügig schnell die asphaltierte Berliner Allee. Überall blieben die Leute stehen und sahen ihnen nach; nicht *ein* Gesicht war bestürzt.

In der Greifswalder Straße überholte sie auf hupenden Motorrädern eine Polizeieskorte; kurz darauf hielt die Kolonne, eine Trillerpfeife ertönte, und von jedem Wagen sprang einer der Bewacher ab und rannte vornhin.

Sie kamen alle zusammen zurück; der Kolonnenführer, die Polizisten und die Bewacher.

Und noch jemand kam: Doktor Haustein; er wurde von zwei Pistolenträgern flankiert.

Ob das der Junge wäre, fragte der Bewacher des letzten Wagens und deutete auf Bruno.

Doktor Haustein sah leer und ausdruckslos an Bruno vorbei. Ja, das wäre er.

»Sei froh, dass dein Vater noch rechtzeitig rausgekriegt hat, wo du steckst«, sagte einer der Polizisten. »Los, hopp; und jetzt runter mit dir.«

Bruno glaubte, der Boden unter ihm sänke weg, er presste sich so fest an Adam, dass der Mühe hatte zu atmen. Doch Adam spürte wohl auch, was bevorstand, gleich presste er Bruno ebenso an sich, und seinen Ball auch.

Der Kolonnenführer sah ungeduldig auf seine Armbanduhr. Also, *er* führe jetzt jedenfalls ab; und er ging wieder vor und gab dabei das Zeichen zum Motoranlassen.

Ob er jetzt endlich runterkäme, überschrie der Polizist den Motorenlärm.

Bruno duckte sich.

Da fuhr der Wagen an, und zwei Polizisten schwangen sich rauf. Den ersten biss Bruno in die Hand, der zweite bekam ihn zu fassen. Ein Riss, und er war von Adam getrennt. Ein Sprung, und der Polizist stürzte mit ihm aufs Pflaster.

Bruno war sofort wieder auf den Beinen, oder er glaubte doch wenigstens, es wäre sofort; aber es konnte nicht sofort gewesen sein, denn vom letzten Wagen der Kolonne war jetzt über einer schwarz qualmenden Auspuffgaswolke fern nur noch der helle Streifen der hochgeklappten Plane zu sehen.

(1953)

Das Begräbnis

Steh ich in der Küche auf m Stuhl. Klopfts.

Steig ich runter, leg den Hammer weg und den Nagel; mach auf: Nacht; Regen.

Nanu, denk ich, hat doch geklopft.

»Ptsch«, macht die Dachrinne.

»Ja –?«, sag ich.

Rufts hinter mir: »Hallo!«

Geh ich zurück wieder. Liegt n Brief auf m Tisch.

Nehm ihn.

Klappt die Tür unten. Leg ich den Brief hin, geh runter, mach auf: Nichts.

Ulkig, denk ich.

Geh rauf wieder.

Liegt der Brief da; weiß mit schwarzem Rand.

Muss einer gestorben sein, denk ich.

Seh mich um.

»Riecht nach Weihrauch«, sagt meine Nase.

»Hast recht«, sag ich; »war doch vorher nich. Komisch.«

Reiß den Brief auf, setz mich, putz mir die Brille. So.

Richtig, ne Traueranzeige. Ich buchstabiere:

VON KEINEM GELIEBT, VON KEINEM GEHASST, STARB HEUTE, NACH LANGEM, MIT HIMMLISCHER GEDULD ERTRAGENEM LEIDEN: GOTT.

Klein, drunter:

Die Beisetzung findet heute Nacht in aller Stille auf dem St.-Zebedäus-Friedhof statt.

Siehste, denk ich, hats ihn auch geschnappt, den Alten; nu ja. Steck die Brille ins Futteral und steh auf.

»Frau!«, ruf ich, »n Mantel!«

»Wieso n?«, brummelt sie oben. »Frag nicht so blöd«, sag ich; »muss zur Beerdigung.«

»Kenn ich«, greint sie; »Skat kloppen willste.«

»Quatsch«, sag ich; »Gott ist gestorben.«

»Na und –?«, sagt sie; »vielleicht noch n Kranz kaufen, hm?«

»Nee«, sag ich; »aber Franzens Zylinder könntste rausrücken. Wer weiß, wer alles da is.«

»Ach nee«, sagt sie; »auch noch n Dicken Willem markiern? Nee, is nich. Außerdem duster; sieht sowieso keiner, dass de n Zylinder aufhast.«

Schön denk ich; denn nich, liebe Tante.

Zieh meinen Paletot an, klapp n Kragen hoch und geh runter zur Tür.

s pladdert.

Den Schirm, denk ich. Aber den Schirm hat Emma.

»Nacht«, sag ich und mach zu hinter mir.

Alles wie immer draußen. Glitschiger Asphalt, bisschen Laternenlicht; paar Autos, paar Fußgänger; auch die Straßenbahn fährt.

Frag ich einen: »Schon gehört – Gott ist gestorben.«

Sagt der: »Nanu; heut erst?«

Der Regen nimmt zu. Vor mir taucht n Kiosk auf mit ner Karbidlampe drin.

Halt, denk ich, musst doch mal sehn.

Beug mich rein; blättere, such.

HEUTE: nichts. MORGEN: nichts. NEUE WELT: nichts. DIE ZUKUNFT: nichts. AM FEIERABEND: nichts. Keine Zeile; nicht mal unter *Kurznachrichten.*

Frag ich: »Sonst noch was?«

»Anzeigenblatt«, sagt der Zeitungsmann.

»Moment«, sag ich.

Such, finds: Letzte Seite; reiner Zufall. Unter *Sonstiges*, klitzeklein:

VON KEINEM GELIEBT, VON KEINEM GEHASST, STARB HEUTE, NACH LANGEM, MIT HIMMLISCHER GEDULD ERTRAGENEM LEIDEN: GOTT.

Aus; alles.
Zeigs dem Zeitungsmann: »Na –?«
Sagt der: »Armer Deubel. Kein Wunder.«
Auf m Paradeplatz, mitten im Nebel, steht n Schutzmann.
Frag ich: »Nich was durchs Radio gekommn?«
»Krieg«, sagt er.
»Nee«, sag ich; »was Besondres.«
»Nee«, sagt er.
»Kein Todesfall? Gott soll gestorben sein.«
Zuckt er die Schultern: »Hat er davon.«
Wird dunkler. Die Straße verengt sich.
Ecke Kadettenweg renn ich einen an.
Sagt der: »Geht's n hier zum Zebedäus-Friedhof?«
»Pfarrer?«, frag ich; »Beerdigung?«
Er nickt.
»Wen denn.«
Sagt er: »n gewissen Klott oder Gott oder so ähnlich.«
Gehen wir zusammen. An Mietskasernen vorbei, schorfigen Brandmauern, flackernden Gaslaternen.
Fragt der Pfarrer: »Verwandt mit dem Toten?«
»Nee«, sag ich; »bloß so.«
Hinter uns wird n Fenster aufgerissen.
»Hilfe!«, schreit ne Frau.
n Blumentopf klirrt aufs Pflaster. Gegenüber zieht einer n Rollladen hoch. Licht fällt auf die Straße.
»Ruhe!«, brüllt jemand.
»Noch weit?«, fragt der Pfarrer.
»Nee«, sag ich; »gleich.«
Der Regen ist jetzt so dicht, dass man kaum noch die Laternen erkennt. Bin nass bis aufs Hemd.
»Hier«, sag ich: »rechts.«
Ist die Marschallstraße; mündet auf n Kohlenplatz, der jetzt mit Stacheldraht eingezäunt ist; Quarantänelager für Heimkehrer.
Die stehn im Regen und warten. Links der Zebedäus-

Friedhof daneben, eng an die Rückwand von WALDEMARS BALLSÄLEN gequetscht. Rechts die Stickstoff-Fabrik. Ihre verschmierten Fenster sind hell; man hörts, sie läuft auf Hochtouren. Ihre Schornsteine sind von unten erleuchtet; oben verlieren sie sich im Nebel.

Vorm Friedhof steht was. n Wagen mit ner Kiste drauf; paar Leute, n Pferd.

»n Abend«, sag ich.

»Biste der Pfarrer?«

»Nee«, sag ich, *»der.«*

»Los, pack mit an.«

Der Pfarrer greift zu, schweigend. Sie heben sich die Kiste auf die Schulter und schwanken durchs Tor.

»Beeilt euch!«, schreit der Kutscher. Er hat sich unter ner Decke verkrochen und lehnt an dem Pferd; raucht.

s Tor quietscht, wie ich's zumach. Langsam schlendre ich hinter den Männern her.

Zwei tragen Spaten. Die kenn ich; sind die Totengräber. Der dritte hat n blauen Kittel an, hinter seinem rechten Ohr klebt ne aufgeweichte Zigarette; n Straßenfeger oder so was. Die andern beiden stecken in speckigen Feldblusen und haben Schildmützen auf; Heimkehrer aus m Lager wahrscheinlich. Der sechste ist der Pfarrer.

Jetzt sind sie aus m Schritt gekommen, die Kiste auf ihren Schultern liegt schief.

Hat der Pfarrer dran Schuld; kriegt s Kreuz nicht raus, stöhnt. Schreit plötzlich: »Absetzen!« Duckt sich.

»Rumms.«

Der Deckel fliegt ab. Haben sie die Bescherung.

Der Pfarrer hinkt; hat die Kiste auf n Fuß gekriegt.

Der Tote ist rausgefallen. Liegt da, bleich. Die Azetylenlampen vom Lager leuchten ihn an. n graues Hemd trägt er, ist hager, und an seinem Mund und im Bart ist etwas Blut festgetrocknet. Er lächelt.

»Idiot«, sagt der Kittelmann.

Sie drehn die Kiste um und heben den Toten wieder rein.

Sagt der eine Heimkehrer: »Er ist dreckig, pass auf.«

»Schon gut«, sagt der andre.

Wie der Deckel drauf ist, bücken sie sich.

»Haaaaaau-ruck!«, schrein die Totengräber.

»Maaaarsch!«

Der Pfarrer hinkt.

An nem zermanschten Erdhaufen wartet ne Frau. Kenn ich; ist die Inspektorin. Sie hat n durchlöcherten Schirm aufgespannt, durch den man die erleuchteten Schornsteine sieht. Ihr Rock ist aus Sackleinen; STÄDTISCHE STICKSTOFFWERKE steht drauf.

»Hierher!«, schreit sie.

Neben dem Erdhaufen ist n Loch. Neben dem Loch liegt n Strick. Daneben n Blechkreuz mit ner Nummer drauf.

Die Träger schwenken ein.

»Seeeeeeetzt-ab!«, kommandieren die Totengräber.

Die Kiste rumpelt zur Erde. H. GOTT ist drangeschrieben mit Kreide. Drunter n Datum; schon verwischt aber.

Der Pfarrer räuspert sich.

»Junge, Junge«, sagt der eine Heimkehrer und betupft sich die Stirn.

Der andre stellt den Fuß auf die Kiste und beugt sich vornüber. »Mistwetter«, sagt er und bewegt die Zehen, die aus der Schuhspitze raussehn.

»Los, Leute«, sagt die Inspektorin, »haut hin.«

Der eine Totengräber misst das Loch mit m Spatenstiel aus.

»Werd verrückt«, sagt er.

»Was n«, fragt der andre.

»Zu kurz.«

Sie schippen.

Es planscht, wenn die Brocken ins Loch fallen; Grundwasser.

»Passt«, sagt der Kittelmann.

Der Pfarrer räuspert sich. »Liebe Anwesende«, sagt er.

»Hier«, sagt der eine Totengräber, »fass mal n Strick an. So. Und jetzt drauf mit dem Ding.«

Sie heben die Kiste an und stellen sie auf den Strick, der rechts und links mit je drei Schlaufen drunter vorsieht.

»Zuuuuu-gleich!«, kommandieren die Totengräber.

Die Kiste schwebt überm Loch.

Taghell machens die Azetylenlampen. Die Blechkreuze rings auf den flachen Hügeln sind nicht höher als Kohlköpfe. Es regnet ununterbrochen.

Von der schimmeligen Rückwand von WALDEMARS BALLSÄLEN löst sich n Putzplacken ab und haut zwei Grabkreuze um.

»Nachlassen«, sagt der eine Totengräber; »langsam nachlassen.«

Die Kiste senkt sich.

»Woran is er n gestorben?«, frag ich.

Die Inspektorin gähnt. »Soll *ich* n das wissen.«

Vom Quarantänelager kommt Harmonikamusik rüber.

»Bei drei loslassen«, sagt der andre Totengräber; zählt: »Eins –, zwei –«

»Moment«, sagt der Pfarrer und zieht sein Bein aus der Grube; »so.«

»Drei!«

Klang, als wär n Sack ins Wasser geplumpst.

»Sauerei«, sagt der Kittelmann und wischt sich s Gesicht ab.

Die Heimkehrer ziehn die Mützen vom Kopf. Der Pfarrer faltet die Hände.

»Na, ja.« Der eine Totengräber spuckt aus und wickelt den Strick auf.

»Bisschen tiefer hättet ihr ruhig gehen können«, sagt die Inspektorin.

Der Pfarrer hat fertig gebetet. Er hebt nen Lehmbatzen auf und wirft ihn ins Loch.

»Bumms«, macht es. Auch ich bück mich.

»Bumms.«

Der Kittelmann schubst seine Portion mit m Fuß rein.

»Bumms.«

n Augenblick ist es still; man hört nur das Rattern und Stampfen der Maschinen aus der Stickstoff-Fabrik. Dann setzt die Musik wieder ein, lauter jetzt.

Die Heimkehrer haben die Mützen wieder aufgesetzt, sie wiegen sich in den Hüften und summen mit.

»Fertig –?«, fragt der Kittelmann.

»Fertig«, sagt die Inspektorin. »Haut das Kreuz weit genug rein.«

Der Pfarrer putzt sich die Hände ab. »Liebe Anwesende«, sagt er.

»He!«, schreit draußen der Kutscher.

»Ja doch!«, brüllt der Kittelmann. Tippt an die Mütze: »n Abend allerseits.«

»n Abend«, sagen die Heimkehrer und gehen auch.

Die Inspektorin folgt ihnen. Sieht aus wie ne Steckrübe mit ihrem geschürzten Rock.

Die Totengräber fangen an zu schippen.

»Rumms«, macht es; »rumms, rumms.«

»-fluchter Dreck«, sagt der eine und tritt mit m Absatz den Lehm vom Spaten.

»Geben se n heut im ODEON?«, fragt der andre.

Der Pfarrer starrt die Rückwand von WALDEMARS BALLSÄLEN an.

»Noch nich nachgesehn«, sagt der erste Totengräber; »gleich mal vorbeigehn.«

»Hü!«, schreit der Kutscher draußen.

»n Abend«, sag ich.

Der Pfarrer rührt sich nicht.

»n Abend«, sagen die Totengräber.

s Friedhofstor quietscht, wie ichs zumach. Am Zaun ist n Zettel aufgespießt. Reiß ihn ab; Stück Zeitungspapier. Inseratenteil, weich vom Regen. Links sucht die PATRIA-BAR n eleganten Kellner mit eigener Wäsche; rechts tauscht einer n Bettlaken gegen ne Bratpfanne ein. Dazwischen, schwarzer Rand, Traueranzeige:

VON KEINEM GELIEBT, VON KEINEM GEHASST, STARB HEUTE, NACH LANGEM, MIT HIMMLISCHER GEDULD ERTRAGENEM LEIDEN: GOTT.

Dreh mich um.

Der eine Totengräber ist ins Loch reingesprungen und trampelt die Erde fest. Der andre schnäuzt sich und schlenkert n Rotz von den Fingern.

In der Stickstoff-Fabrik rattern die Maschinen. Ihre Schornsteine sind von unten erleuchtet. Oben verlieren sie sich im Nebel. Hinterm Stacheldraht auf m Kohlenplatz stehn die Heimkehrer und warten.

s regnet. Taghell habens die Azetylenlampen gemacht; wo sie nicht hinreichen, ist Nacht.

Jetzt ist auch die Harmonika wieder da. Einer singt zu ihr: »La paloma ohé!«

s Friedhofstor quietscht. Ist der Pfarrer.

Er hinkt.

(1946)

Steppenkopp

1 Der Aufsatz

Es war kurz nach zwölf; an den Schulhof stieß der Exerzierplatz einer Kaserne, trotz der geschlossenen Fenster hörte man deutlich durch das träge Kratzen der Stahlfedern hindurch die Kommandos.

An der Tafel stand in der ungefügten Kinderschrift des Junglehrers das Aufsatzthema: »Wie beschäftige ich mich in meiner Freizeit«; es wurde zu dieser Stunde in allen Klassen darüber geschrieben, denn es ging um einen Schulwettbewerb; die besten Aufsätze sollten prämiiert, in Leder gebunden und von einer Schülerdelegation dem Präsidenten zu seinem Geburtstag überreicht werden. Es wäre natürlich erwünscht, recht originell zu schreiben, hatte der Schulleiter in seiner kurzen Ansprache erklärt; das Hauptgewicht würde aber, wie es sich bei solch einem wichtigen Anlass ja eigentlich von selbst verstände, auf der Schilderung von Beschäftigungen liegen, die den Errungenschaften der Republik auch Ehre einlegten.

Heini nagte an seinem Federhalter und sah, ohne den Kopf hinzuwenden, aus den Augenwinkeln zum Fenster hinaus. Jetzt, so um zwölf herum, war es am schlimmsten. Dann waren alle die schwankenden, gelb funkelnden Nachtkerzen auf den kantigen Ruinenbergen auf einmal in seinem Kopf drin, und durch den staubig glosenden Hitzeschleier, den die Sonne dort draußen vor dem Schulhof heruntergelassen hatte, durch diesen zittrigen, flackernden Schleier aus Sonnenglast hindurch, sah er still, groß, leer, majestätisch: *sein* Land. Die kahlen, mit rissigen Asphaltplacken bedeckten Höfe; die kühlen, bitter nach schimmligem Seegras duftenden Keller; die herumliegenden, weiß gerillten Kacheln; die ausgebrannten, dachlosen, tief mit Himmel gefüllten Häuser, in denen die Fenster keine Kreuze mehr hatten, und die schorfigen Mauern, die das bisschen rangewehte Erde in ihren Ritzen willig den Birkenkrüppeln zur Verfügung gestellt hatten, die jetzt mit ausgestreckten, unterernährten Blätterarmen und krampfig gekrümmten Wurzelfüßen versuchten, die Balance zu halten.

Es war ein Land ohne Menschen. Ein Land, auf dessen zerfurchten, mit Brandbombenschwänzen gespickten Straßen die Haubenlerche in betulichem Trippelschritt einkaufen ging. Ein Land, wo die Ratten abends ihre Blechbüchsen unter den Steinfliesen hervorzogen und sich schmatzend den muffigen Seegrastabak in die Pfeifenköpfe stopften, aus denen sie, mit aufgestützten Ellenbogen halb aus ihren spinnwebgardinengeschmückten Löchern heraussehend, blaugrüne, kerzengerade Rauchfähnchen aufsteigen ließen. Und es war ein Land, in dem die alten Kochtöpfe, die ausgeleierten Sprungfedern, die zerquetschten Regenrinnen und durchschossenen Müllkastendeckel, der schäumende Hederich, die emsigen Amseln, der bronzene Laufkäfer, ja, selbst die hoch kreisenden Mauersegler alle, alle nur einen einzigen König gelten ließen. Nicht etwa einen der draußen, an den Grenzen seines Landes entlang hockenden Angler, denen er die Macht über die Fische und überhaupt über den ganzen Kupfergraben, mitsamt allen Möwen und Brücken und hineingefallenen Steinen und angetriebenen Äpfeln und toten Katzen gern gönnen wollte; und auch nicht etwa das altehrwürdige, narbenbedeckte Maultier, das morgens und nachmittags dampfend den quietschenden Konsumbrotwagen durch die Gertraudenstraße zog; nein, alle Bewohner seines Landes huldigten *ihm*, ihm, Heini und sonst niemand.

Er sah, den Federhalter im Mund und ohne sich aufzurichten, nach vorn, wo der Junglehrer die mächtigen Papierflügel des »Neuen Deutschland« aufgeklappt hatte und manchmal unter seinen dicken Lidern hervor geheuchelt gleichgültig über die zweiundvierzig gebeugten Rücken hinblickte, und Heini sah das Bild an, das über dem Lehrer hing, den gemütlichen, alten, weißhaarigen Präsidenten darauf mit dem Abzeichen im Knopfloch. Nein, der konnte ihm nicht imponieren. Der hatte Minister, Soldaten und Polizisten nötig, um sein Reich zusammenzuhalten. Der musste Geburtstag haben oder Aufmärsche befehlen, damit man ihm huldigte. Ihm, Heini, jedoch huldigten seine Untertanen täglich. *Ein* Windhauch, und die Klettenbüsche brachten sich vor Ergebenheit beinah um. *Ein* Gang durch sein Reich, und das Lächeln der verwitterten Backsteine wurde so breit, dass ihr roter, langgezogener Mund mit den grau blitzenden Mörtelzähnen kaum noch Platz hatte auf ihnen.

»Zebula«, sagte da plötzlich eine feindliche Stimme.

Heini lauschte ihr verblüfft einen Augenblick nach. Jetzt schwankten wieder, feuergelb und begeistert, die Nachtkerzen in seinem Kopf, und er schmeckte den auf den Zähnen knirschenden, mit Holzgasgeruch vermischten Mittagsstaub auf einmal so deutlich, als läge er auf einem der geborstenen, sonnendurchglühten Steinquader in seinem Reich und spürte den Wind über die aufgestellten Knie hinweg Bocksprünge machen. Aber er war nicht in seinem Land, er war in der Schule; dort vorn saß der Lehrer und sah ihn unter seinem böse glänzenden Haarhelm hervor argwöhnisch an.

»Na, wird's bald? Ich hab gesagt, du sollst nach vorn kommen mit deinem Heft.«

Die anderen richteten sich auf. Die meisten waren schon fertig, sie legten vorsichtig das Löschblatt zwischen die Seiten, fuhren noch einmal, sich die Lippen befeuchtend, mit dem Ärmel über den Heftdeckel hin und drehten sich erwartungsvoll um. Es musste jeden Augenblick klingeln; vom Exerzierplatz kamen immer noch Kommandos herüber, doch es war jetzt so still im Klassenraum, dass man auch deutlich einen Brummer sich an der oberen Fensterscheibe den Kopf stoßen hören konnte.

Es war immer so still, wenn Heini aufgerufen wurde; er war ja noch nicht lange in der Klasse. Vor einigen Wochen war er noch auf die Hilfsschule gegangen, doch die Lehrer dort glaubten es allmählich verantworten zu können, ihn einer normalen Volksschule zu überlassen, und so war er, zwei Klassen tiefer, als es seinem Alter entsprochen hätte, hierher, zwischen Kalle und Tulla und Prißke und Goschnik und all die anderen geraten, die ihn jetzt phlegmatisch und lauernd, angewidert und selbstsicher ansahen.

Heini stand langsam auf; er hasste es, nach vorn gehen zu müssen, er brauchte die Bankkante in den Kniekehlen, um sich gegen all die Blicke ringsum behaupten zu können. Das Heft achtlos gegen die Brust gepresst, ging er mit so kleinen Schritten wie möglich zur Tafel.

»Wann hast du eigentlich geschrieben?«, fragte der Lehrer; »ich hab dich die ganze Zeit nur rumkucken und an deinem Federhalter knabbern sehn.«

Heini zog etwas den runden, kurz geschorenen Kopf ein; er schwieg.

Hinter ihm machte Tulla halblaut einen Witz über ihn; die anderen lachten.

»Ruhe«, sagte der Lehrer. »Los, zeig dein Heft her.«

Heinis Kopf sank noch etwas tiefer zwischen die Schultern, nur die abstehenden Ohren schienen ihn davor zu bewahren, ganz zu versinken. Er hielt immer noch das Heft an sich gepresst.

»Der meutert«, sagte Kalle bedächtig, um das kostbare Wort nicht zu schnell zergehen zu lassen.

Prißke fuhr sich erregt mit dem Daumen hinter die beschlagenen Brillengläser.

»Ruhe«, sagte der Lehrer. Er stand auf und trat unsicher vor Heini hin.

Die Jungen ruckelten sich erwartungsvoll zurecht.

Auf dem Schulhof war das platzende Zischen zu hören, mit dem der Wasserstrahl aus dem Schlauch schoss; da sprengte die Hausmeisterin jetzt das ausgedörrte Fliederrondell.

»Gib das Heft her!« Der Lehrer streckte die Hand aus.

Heini wich etwas zurück.

»Schön«, sagte der Lehrer. Er riss ihm das Heft weg und klappte es auf; es enthielt nur leere Seiten.

»Aber du hast ja noch nicht mal die Überschrift abgeschrieben!«

Goschnik pfiff durch die Zähne. »Steppenkopp streikt«, sagte er und sah sich mit hochgezogenen Brauen zu den anderen um; »da ist was fällig, Jungs.«

Tulla nickte andächtig, darauf hatte er schon lange gewartet. Er wohnte nicht weit von Heini entfernt; er hatte ihn dort oft auf rätselhafte Weise verschwinden sehen, das musste längst mal nachgeprüft werden.

Mit Heini war eine Veränderung vor sich gegangen; er stand auf einmal da, als wäre er zeitlebens auf allen vieren gelaufen und hätte sich nur mal eben, wie zum Angriff, mit den Händen vom Boden abgestoßen; er zitterte.

Goschnik trat aus der Bankreihe; er strich sich eine unsichtbare Haarsträhne von der Stirn weg und ging in Boxstellung. »Kannst rankommen, Steppenkopp; los.«

Die Hinteren stiegen auf die Bänke.

»Gebt um Gottes willen Ruhe«, sagte der Lehrer; »sonst lass ich euch alle nachbrummen.«

»Langsam«, sagte Kalle, ohne aufzustehen; »wer ist hier der Meuterer: Steppenkopp oder wir?«

»Der will den Wettbewerb sabotiern«, sagte Prißke schrill und hatte auf einmal zwei knallrote Flecke auf den blassen, eingefallenen Wangen.

»Regt euch nicht auf«, sagte der Lehrer. Er zupfte unbehaglich an seinem offenen Hemdkragen herum. »Das wird sofort geklärt. Zebula«, sagte er und räusperte sich, »warum hast du den Aufsatz nicht mitgeschrieben.«

Jetzt klingelte es; überall hörte man die Türen aufgehen

und die Jungen lärmend auf die hallenden Gänge herauskommen. Auch in der Klasse standen einige auf und fingen an, ihre Mappen zu packen.

»Setzt euch ja hin«, sagte der Lehrer; »beklagt euch bei Zebula, wenn ihr nicht rechtzeitig wegkommt. Na –?«, fragte er.

Heini starrte geduckt in all die ihm zugekehrten Gesichterscheiben. Feiglinge; jetzt, wo die Ratten nicht da waren, und er wehrlos vor ihnen stand, beschimpften sie ihn und schossen sie mit ihren Augen nach ihm. Sie sollten nur mal in sein Land einzudringen versuchen, dann würde er ihnen zeigen, wie mächtig er war. Er würde alle befreiten Steine zusammentrommeln; den Wind und den Staub, die Mittagshitze und Wolken von Asche würde er ihnen entgegenschicken. Und die herrenlosen Tauben ließe er aufsteigen mit scharfkantigen Eisenbrocken und bleiausgegossenen Bierflaschenscherben in den Fängen; und Mauern und ganze Häuser würden sich freudig opfern für ihn und lautlos über ihnen zusammenstürzen. Und zuletzt kämen die Ratten.

»Jetzt grient der auch noch!«, rief Prißke empört und verzog angeekelt den Mund.

»Ach«, sagte der Lehrer hilflos, »das macht dir wohl auch noch Spaß, uns hier festzuhalten.«

Heini richtete sich langsam wieder auf. Es war ja noch gar nicht so weit; sie kannten sein Land ja noch gar nicht; er war standhaft geblieben, sein Heft war leer; er hatte ihnen ja nicht verraten, dass er ein heimlicher König war und zwischen Kupfergraben und Spree das schweigsamste, schönste und gehorsamste aller Länder regierte: das Nachtkerzenreich, die Klettenprovinz, das Land Rattengrau. Er lächelte wieder. Was für eine sinnlose Angst! War denn sein Land in Gefahr? Nein, herausfordern wollten sie ihn, er sollte sich ihnen verraten. Als ob sie etwas damit hätten anfangen können zu wissen, wo die Haubenlerche einkaufen ginge! Aber weg musste er hier, es war Mittag, Audienzzeit, der Wind würde unruhig werden, wenn er nicht käme. Und unauffällig schätzte er die Entfernung vom Podium zur Tür ab.

»Schön«, sagte der Lehrer erregt; »du willst also nicht. Dann muss sich der Rektor mit deiner Verstocktheit befassen.« Das war das Stichwort. Mit zwei, drei Sprüngen war er an der Tür. Prißke, der ihn über die vorderste Bankreihe hinweg zu fassen versuchte, taumelte, von einem Faustschlag getroffen, mit verbogenem Brillengestell zurück, und Heini riss die Tür auf und rannte den Gang entlang und raste die Treppe hinab und jagte über den Hof.

Noch nie war das Nachtkerzengelb in seinem Kopf so lockend gewesen wie jetzt. Es gab keinen Menschen und keinen Verkehr, es gab nur diese flackernden Stauden und nur, zwischen ihren stürmisch heranbrausenden Stängeln vor ihm die endlose, totenäugige Straße, den bleigrauen Himmel, und um ihn und an seinen Schläfen und an seinen wirbelnden Beinen und den in der Luft wühlenden Fäusten den körnigen, glutvollen Atem des Windes, dessen Sog stärker und stärker wurde, je schneller er rannte. Aber dann war auf einmal Widerstand da, eine breite, lebende Mauer aus Schweißgeruch, Lederzeug, Uniformen. Zu spät, ihr auszuweichen; und er bohrte sich mit gesenktem Kopf in die quer über die Straße marschierende Volkspolizistenkolonne hinein. Die geriet ziemlich durcheinander davon. Doch dann hatten ihn endlich ein paar Arme zu fassen bekommen, ein schimpfender Offizier schleppte ihn zum Kaserneneingang zurück und übergab ihn dem mechanisch zugreifenden Posten.

Fast die halbe Klasse hatte sich an Heinis Verfolgung beteiligt. Aber als Goschnik und Tulla und die anderen jetzt hörten, dass der Offizier dem Posten einschärfte herauszubekommen, wie dieser grobe Unfug hätte passieren können, da zogen sie sich unauffällig zurück. Allerdings nicht sehr lange; denn kaum war der Offizier der Kolonne nachgerannt, da geschah etwas Unvorherzusehendes.

Der Posten beugte sich zu Heini herab, fasste ihn unter das Kinn und riss ihm unwirsch das Gesicht hoch. »Jungens wie dir«, fing er an, »müsste man einfach –« Er stockte, ließ Heini los und starrte ihm sekundenlang fassungslos ins Gesicht.

Es war das furchtbarste Kindergesicht, das er jemals gesehen hatte. Nein, es war kein Kindergesicht, es war ein Steppengesicht. Flach, fast nach innen gebogen; die fahlgraue Pergamenthaut über den vorgewölbten Backenhügeln beinah zum Zerreißen gespannt, und die Augenschlitze so schmal, als wären sie nachträglich in diesen armen, glatten, zeitlosen Kegelkopf mit der stumpfen, tierisch witternden Nase eingeritzt worden. Und doch auch so was wie ein Lächeln um den dünnen, sandpapierrauen Mund. Ein Lächeln, ja; Heini hatte es immer, wenn er so angestarrt wurde; es war nicht gerade freundlich, aber es war auch nicht unfreundlich. Doch als er sich jetzt plötzlich umdrehte und losrannte und gleich auch wieder seine keuchenden Verfolger hinter sich herriss, da war es wie mit einem Schlage verschwunden.

2 Ein Mittagessen

Es war dreiviertel eins; das dicht mit einer engmaschigen Gardine verhängte Fenster in der Wohnküche stand einen Spalt breit auf, und über die verdorrten Geranien auf dem Fensterbrett weg konnte man die blank gescheuerte und in der Sonne glänzende Teppichstange und ein Stück der abgeblätterten Hofmauer sehen, an der ein Stoß leerer Fensterrahmen lehnte, und hinter der Mauer eine einstöckige Wohnhausruine, die in einen unkrautüberwucherten Backsteinhügel auslief. Himmel sah der Mann am Tisch auch; einen winzigen, unnatürlich blauen Fetzen, er wirkte wie festgepinnt.

Die Frau kostete, was sie gekocht hatte und setzte sich ihm gegenüber, das glatte, angespannte Gesicht halb nach rückwärts, zum Fenster gewandt; sie lauschte.

»Noch zehn Minuten«, sagte der Mann. Mauersegler schossen endlos hoch wie winzige, diamantene Glasschneider über dem Blau hin und her. Sprang der Wind um, war das monotone Rauschen der Schleuse, oder von der Mühlendammbrücke herüber das harte, resonanzlose Klingeln der Straßenbahn zu hören.

»Ich glaub's nicht«, sagte die Frau; »es wäre das erste Mal; er hat nie irgendein Gefühl für Zeit gehabt.«

»Braucht er auch nicht«, sagte der Mann; »genügt, dass er einsieht, wir warten auf ihn.«

»Einsieht –!« Die Frau bog die Mundwinkel herab; »was denn einsieht?«

»Er hat mir richtig aufmerksam zugehört«, sagte der Mann. »Ich mache jede Wette mit dir: er hat verstanden, dass er pünktlich sein soll.«

Ein Schlepper tutete dumpf auf der Spree; die Frau lauschte dem langgezogenen Pfiff mit leerem Gesicht nach. »Wär ein Wunder. Hast du noch mehr solche Wunder auf Lager?«

Der Mann sah vor sich nieder. »Kann sein; mit Geduld ist ne Menge zu schaffen.«

»Dann hab ich n Wunsch.« Ihre Stimme klang rau: »Bring mir die Angst weg, die ich vor ihm hab.«

Der Mann hob langsam den Kopf und blickte sie an. Unterhalb einer frischen Schramme an seiner Schläfe hatte sich eine kleine krumme Blutbahn gebildet, die sich in der Braue verlor; da hatte ihm beim Fensterrahmensäubern vorhin ein Splitter verletzt, er hatte seine Glaserwerkstatt im Keller. »Else –«, sagte er beschwörend.

Sie hielt seinen Blick aus. »Ja«, sagte sie, »was ist?«

»So geht's nicht, so gewinnen wir ihn nie.«

Ihre Wangenschatten vertieften sich noch, »Du hast

Glück«, sagte sie, »du hast seinen Vater nicht gesehn.«

»Es ist sinnlos, immer wieder damit anzufangen«, sagte er.

»Es ist nicht immer wieder ein Anfang«, sagte sie; »dann hätte es ja mal aufgehört.«

»Es ist trotzdem sinnlos«, sagte er; »der Krieg ist vorbei – wir leben.«

»Ja –?«, sagte sie; »bist du so sicher?«

Draußen fingen jetzt wieder die Kinder an zu lärmen; sie hatten fertig gegessen und spielten nun weiter.

»Soll ich zumachen?«

»Wozu?«, sagte sie; »ich hab's gern, wenn Krach auf m Hof ist. Nichts schlimmer als Kinder, die still sind.«

»Aber er beschäftigt sich ja«, sagte der Mann gequält.

»Ja«, sagte sie; »bloß womit.«

»Ich bin kein Spion«, sagte der Mann; »ich lauf ihm nicht nach.«

»Auch besser so«, sagte sie. »Würd mich gar nicht wundern, wenn er noch dasselbe tut, was er früher immer gemacht hat. Weißte noch?« Sie senkte etwas die Stimme: »Stundenlang sich Sand aus der linken Hand in die rechte Hand laufen lassen und zurück – wie ne Eieruhr.«

»Er sieht oft den Anglern zu«, sagte der Mann mühsam.

»Wo stehn die?«, fragte sie; »in den Trümmern hinter der Sperlingsgasse vielleicht? In den Ruinen an der Friedrichsgracht etwa?«

Langsam verlor der Mann die Beherrschung. »Was soll das?«

»Da sehn die Kinder ihn manchmal verschwinden.«

»Die Kinder –!«, rief der Mann zornig; »auf die musst du hörn! Dieses blonde, gesunde Kroppzeug!« Er verzog angewidert das Gesicht. »Hast du vergessen, wie ich versucht hab, sie rumzukriegen, mit ihm zu spielen?«

»Nein«, sagte sie; »ich hab *nichts* vergessen.«

»Ich hab mich noch nie so erniedrigt«, sagte er; »und der Erfolg? Das Spielzeug kassiert, das ich ihnen versprochen hab und den Jungen fast schlimmer geschnitten als vorher.«

»Logisch«, sagte sie; »ihre Eltern haben mich ja schon geschnitten, als ich im sechsten Monat war mit ihm. So was vererbt sich.«

»Wenn ich fünfundvierzig schon zu Hause gewesen wär«, sagte der Mann, »die hätt ich umgebracht.«

Sie neigte sich lauschend zurück; ihr Gesicht war jetzt wieder ganz leer. Der Lärm draußen hatte einen Augenblick nachgelassen, und man konnte von der Jannowitzbrücke herüber sekundenlang das klirrende Rattern der S-Bahn hören.

»Nein«, sagte sie, als gleich darauf das Geschrei wieder losging, und die Starre in ihrem Gesicht lockerte sich etwas, »ich hab mich geirrt. Manchmal«, sagte sie, leer an ihm vorbeiblickend, »manchmal denk ich, es wär das Beste gewesen, der Soldat damals hätt ganz Schluss gemacht mit mir.«

Der Mann schluckte; sein Adamsapfel schoss ein paarmal auf und nieder. »Lass noch was an mir dran«, sagte er heiser.

»Es wär für uns alle besser gewesen«, sagte sie hartnäckig »auch für den Jungen.«

Der Mann merkte, dass ihm die Hände zu zittern anfingen; er umspannte schnell den leeren Teller mit ihnen; doch der hektisch an der Decke hin und her zuckende Lichtreflex verriet ihn. »Heini lebt aber«, sagte er; »und er ist doch in den neun Jahren auch *mein* Kind geworden.«

»Wieso *auch?*«, sagte sie.

»Hör auf!«, sagte er, »ich kann nicht mehr.«

»Und ich?!«, sagte sie heftig und beugte sich zu ihm über den Tisch; »ich soll noch können, ja?«

Der Mann starrte vor sich hin auf den Teller; undeutlich, klein und verzerrt blickte von dem gelben Porzellanboden sein Gesicht zu ihm auf. »Und unser Mut? Und unsere Geduld? Und all die Anstrengung, uns an ihn zu gewöhnen? Soll das alles umsonst gewesen sein?«

Sie ließ sich wieder zurückfallen, ihre Arme pendelten leblos, als gehörten sie nicht zu ihr, gegen den Stuhl. »Ja«, sagte sie, »so redet n Mann: Mut –, Anstrengung –, Gewöhnung –, Geduld –. Und Liebe?!« Sie schrie fast. »Warum kann ich ihn nicht liebhaben?«

»Liebhaben ist nicht das Wort für ihn«, sagte der Mann.

»Sondern –?« Sie sah ihn böse, beinah hasserfüllt an.

»Ich weiß das richtige Wort nicht«, sagte er; »ich weiß nur, ich häng jetzt an ihm.«

»Mitleid«, sagte sie geringschätzig.

Der Mann schwieg; jetzt war *er* es, der lauschte. Der Lärm draußen war ganz plötzlich verstummt, man hörte noch ein paarmal einen Ball auftippen und etwas weiter, vom Kupfergraben her, vielstimmiges, zänkisches Möwengekreisch. Sie stand auf und trat an den Fensterspalt. Die Kinder draußen standen unbeweglich und sahen erwartungsvoll lauernd zur Hofeinfahrt hin.

»Er kommt«, sagte sie.

3 Der Herrscher

Es war kurz nach halb zwei; das schattenlose Trümmerfeld war mit einem welligen Teppich aufwärtszitternden Sonnenglastes bedeckt, in den hellblaue Klettenblüten und vergilbter Hederich eingewebt waren. Hier und dort sahen schräg rostverkrustete Eisenträger aus dem pulvrigen Schutt, und kompakte Riesenwürfel aus Mauerbewurf, brandroten Backsteinen und schaumig erstarrtem Mörtel lagen umher. Zwei stehen gebliebene Hausecken gab es auch; sie hatten aber nichts miteinander zu tun; die rechte war innen gekachelt, und es ragte noch, wie eine erschlaffte Blechsonnenblume, die verbogene Brause aus ihr empor: das war der Beobachtungssitz zum Feindesland hin, das an der Schleuse vor dem Marx-Engels-Platz anfing. Die linke Hausecke war zum Altar geweiht worden; Taubenfedern wuchsen dort aus dem Boden, ein Knochen lehnte an der Wand, und aus zwei

Sprungfedern und einer darübergelegten Schieferplatte war der Opfertisch aufgebaut worden. Hier wurden beschriebene Schulheftseiten und Zeitungsblätter verbrannt, Spatzenspione dargebracht und wertvolles Stanniolpapier in windgerechte Schnipselmünzen zerrissen.

Kein Windhauch ging; nichts bewegte sich; nur der Husten des Anglers, der an der Gracht unten über dem Flussgitter hing, zerbrach hin und wieder die Stille.

Heini lag, die Knie hochgestellt und die verschränkten Arme unter dem Kopf, auf seinem sonnendurchglühten Steinquaderthron und regierte. Er hatte erst eben damit begonnen; er war aufgehalten worden, der Mann und die Frau hatten sich mal wieder störrisch gezeigt und hatten ihn nicht weglassen wollen. Immer wollten sie, dass er mit ihnen spräche! Dabei konnten sie noch nicht mal die gewöhnliche Haubenlerchensprache, die doch nun bestimmt einfach genug war. Er hatte einmal beim Essen probehalber ein paar Worte in ihr gepfiffen, wirklich das Allersimpelste nur – nichts; der Mann hatte schmallippig auf seine Hände gesehen und die Frau hatte wie üblich ihre stählernen Gewehraugen auf ihn gerichtet und löchrige Schattenbacken gemacht, das war alles gewesen.

Heini sah blinzelnd zur Sonne hinauf und befahl ihr in seinen Gedanken, den Hederich nicht zu sehr auszudörren, der war gerade schon spröde genug. Und wie hartnäckig und ermüdend die fragten! Warum er erst jetzt käme; wieso er so atemlos wäre; wo er seine Mappe gelassen hätte; warum er nichts äße; wieso er trotzdem zwei Schmalzstullen wollte. Was sollte man ihnen darauf denn sagen? Dass man nur gekommen war, um seine Verfolger irrezuleiten? Dass es aufs Selberessen nicht ankam? Dass er aber den Ratten schon seit Tagen Schmalzstullenbrocken versprochen hatte, nur unterwegs immer sein Frühstücksbrot an die Enten, die Fische, das alte Maultier und die Möwen weggab, und wen man sonst noch alles mit durchfüttern musste? Wozu? Wozu *überhaupt* reden? Die kriegten ja doch nur ihre Tellergesichter, wenn er was sagte.

Ein Hänflingsschwarm zuckte, vom Kupfergraben her, wie eine grobkörnige Staubwolke über ihn weg. Heini schickte den Vögeln stirnrunzelnd die Weisung hinauf, alles, was sie im Überfliegen seines Reiches jetzt sähen, streng für sich zu behalten. Vor allem den Spatzen gegenüber war Vorsicht geboten, die hassten sein Land, es war ihnen zu leblos, zu still; und es hatte auch zu viel Würde für sie. Sie waren Anbiederung und Menschennähe gewöhnt; das machte falsch und devot und züchtete Denunzianten heran. Kein Wunder, wo doch die Menschen nur darauf aus waren, die Stille zu töten, und jeden, der sie zu verteidigen wagte, indem er schwieg, so lange quälten, bis er zu reden anfing.

Man sah es ja an der Frau. Was gab sie sich nicht für lärmende Mühe, einen Verräter aus ihm zu machen. Sie war gerissener als der Mann. Der Mann hätte manchmal auch ganz gern geschwiegen. Aber die Frau ließ ihn nicht schweigen, ständig hackte ihr Fragemund zu, und wo er nicht weiterkam, versuchte sie es mit ihrem Gewehrmündungsaugen. Vorhin, als Heini hereingekommen war, hatte sie auch sofort angelegt; erst auf ihn, dann aus dem Fenster. Nicht, dass Kalle und Goschnik und alle anderen, die ihm nachgerannt waren, sich draußen bemerkbar gemacht hätten, so unklug waren die nicht; nein: die Gedanken der Frau hatten ihm das mit ihren Spatzenschnäbeln von der Stirn gepickt. Aber er hatte sich an ihr gerächt. Denn als nachher dann *wirklich* Tullas dickes, vor Anstrengung jetzt beinahe grünes Apfelgesicht hinter der Gardine am Fenster aufgetaucht war, da hatte Heini so unbeteiligt in seiner Suppe herumgerührt, dass die Frau und der Mann weder dem Fenster noch ihm etwas angemerkt hatten. Nun, und dann waren die Verfolger ja weg. Merkwürdig war das übrigens gewesen, nicht mal die Kinder spielten mehr auf dem Hof. Unwillkürlich richtete Heini sich auf.

Der Angler wurde jetzt rechts und links von zwei Reihen kopfloser Möwen flankiert; die linke innerste saß so dicht neben ihm, dass er sie fast mit seinem Ellenbogen anstieß; die schliefen, auf die war kein Verlass. Heini hob das Gesicht und witterte. Der Wind –; wo war der Wind? Der hätte ihm sagen können, ob seine plötzliche Unruhe berechtigt wäre. Doch er roch ihn nicht; sicher lag der jetzt wieder zusammengerollt in einem von Heinis kühlen, dachlosen Häusern und döste. Ärgerlich befahl ihm Heini in seinen Gedanken, sich aufzuraffen und seinen Dienst zu versehen; aber wie schon so oft: der Wind gehorchte ihm nicht.

Da hieß er zornig die Sonne, ihren Glutteppich straffer zu spannen, und sprang und balancierte über die Trümmer darunter zum Schattenbezirk der Ruinen hinüber; wenn schon der Wind sich ihm widersetzte, die Wanderfalken fügten sich seinen Wünschen bestimmt.

Vor der toten Häuserwand sah er sich noch einmal um; nein, es war niemand zu sehen. Er schwang sich in eins der schwarz umrandeten Fenster und ließ sich innen auf den tiefer gelegenen Kellergrund fallen. Eine Ratte stob entsetzt vor ihm ab; er sandte ihr im Weitergehen einen zarten, hohen Beruhigungspfiff nach; das fehlte gerade noch, dass die ihn für einen Eindringling hielten! Wann würden die Ratten wohl endlich mal lernen, sich präzise nach ihren Nasen zu richten?

Der Keller war sehr lang und ging noch in einen anderen über. Dann war die Mauer durchbrochen, und man sah nur gähnendes Schwarz hinter ihr. Das war der unterirdische Gang, der zu den Lagerräumen der Tuchfabrik führte, in der die staubigen Sommernächte sich jetzt die Spinnwebfäden für ihr Taugeschmeide arbeiten ließen. Heini hatte das Werk an den Wanderfalken verpachtet, der zahlte mit Flugkunststücken und Späherdiensten dafür. Oben hätte man erst mühsam allerlei Ruinen umgehen und Gräser umtreten müssen, deshalb zog Heini diesen Maulwurfsgang vor.

Er lief lautlos, mit eingezogenem Kopf und vorgestreckten Händen, die Augen geschlossen: sehen störte im Dunkeln nur.

Nach einer Weile hörten die Wände rechts und links auf, und der kühle Schimmelgeruch begann sich mit Mörtelmehlduft zu vermischen. Ein paar Stufen noch, dann waren wieder die Augen dran, und sie konnten auch gleich, unter der beulig herabhängenden Decke hindurch, fern auf dem Innenhof, das rötlich gedämpfte Tageslicht sehen.

Plötzlich blieb Heini stehen; es hatte etwas geschrien dort vorn. Er lauschte mit offenem Mund; das konnte nur der Wanderfalk sein.

Jetzt schrie er wieder; es klang klagend und grell, als schlüge ein winziger Hammer rasend auf frei schwebendes Blech. So schrie der Wanderfalk nur, wenn er sehr aufgeregt war. Heini duckte sich; vielleicht hatte eine Katze die Falken erschreckt. Wenn schon; Menschentiere hatten in seinem Reich nichts zu suchen.

Geräuschlos überkletterte er die mächtigen, durch alle Stockwerke gestürzten Firstquader, sprang über die brüchigen, mit Betonklumpen durchwirkten Netzfaschinen der Deckenverstrebung, kroch an der hofwärts weisenden Front der inneren Lagerraumwand einen hochstehenden Eisenträger empor und sah atemlos aus der Kellerluke hinaus.

Der Innenhof war rings von den kahlen, engfenstrigen Backsteinwänden der ausgebrannten Tuchfabrik eingeschlossen. Nur links zur Straße hin, unterbrach eine schmale Toreinfahrt das rote Karree. Wenn er sich vorneigte, konnte Heini hinauf zur Horstnische sehen. Ein langsam absterbender Tollkirschenbusch krallte sich dort oben in den dürftigen Flugsand zwischen den Mauerritzen fest. Auf dem Geschmeiß der Falken, dessen kalkige Spritzer zwischen dem dritten und zweiten Stock die Hauswand fasrig geweißt hatten, lag scharf und schmerzend die Sonne. Die Falken waren jetzt still. Er sah sie nicht, aber dann glitten auf einmal ihre Flugschatten über den Hof. Sie verschwanden gleich wieder; doch kurz darauf flossen die Sichelschatten abermals über die Steinsplitter hin, und dann wieder und wieder.

Nein, es war keine Katze, was die Falken aufgescheucht hatte, es war mehr. Es war auch mehr als Erregung, was sie empfanden, es war Angst; die Eltern hatten Angst um ihr Kind. Für einen Augenblick sah Heini den kahlen Drachenkopf des Jungen sich einfältig und mit clownhaft verbreiterten Schnabellefzen aus der Horstnische neigen, dann riss ein Geräusch auf der Straße sein Gesicht zur Toreinfahrt herum: Schritte; dort, wo die Haubenlerche sich die hellen Unterseiten der Wegerichblätter unbedroht auf Raupen hin ansah, wagte jemand zu gehen!

Er kletterte aus der Kellerluke heraus und schob sich, eng an die Mauer gepresst, langsam zum Hofeingang vor. Nun sah er auch, dicht über der Backsteinruine, in engen Spiralen das Falkenpaar kreisen; Vater und Mutter, und beide in Furcht. Er schluckte; sein Herz schlug plötzlich im Hals. Und dann hörte er wieder die Schritte; sie waren sehr nah: ihr Urheber schlich. Heinis Kopf versuchte noch etwas tiefer zwischen die Schultern zu rutschen, es ging aber nicht, die Ohren waren im Weg.

Und dann sah er ihn. Tulla; er wog abschätzend einen Stein in der Hand und starrte mit halb geöffnetem Mund zu dem Falkenpaar hoch.

Heini zitterte; er hatte die Fingerspitzen auf den Boden gestützt und konzentrierte sich auf den Sprung. Er war jetzt kein König mehr; er war ein Greifenjunges, mit Pantherflanken und einem Raubvogelkopf. Und dann sprang er.

4 Die Aktion

Es war zwanzig vor drei; der lodernde Hitzeschleier war eingesunken, nur um die wärmespeichernden Mauerreste herum flackerte die Luft, dicht über dem trümmerbedeckten Boden noch kaum merklich auf. Am Kupfergraben kippte eine Frau mit stumpf blitzenden Lockenwicklern im Haar einen Mülleimer über dem Flussgitter aus; eine rötliche Staubwolke wuchs auf und zog träge die Friedrichsgracht hoch, trieb ab und zerging über den Köpfen der Jungen im Dunst.

Sie hatten eine lange Kette gebildet und hockten hinter dem Nachtkerzenstauden, den Hausüberresten und Steinquadern und beobachteten angestrengt das Ruinengelände vor sich; sie erwarteten Tulla; da er am besten Bescheid wusste hier, war er als Späher vorgeschickt worden.

Es konnte nun niemand mehr aus dem Gelände heraus, denn entlang der drei hufeisenförmig zueinander verlaufenden Straßenzüge, die es umschlossen, waren Posten aufgestellt worden; sie gehörten nicht zu Goschnik und seinen Leuten; es waren Kinder, auch Mädchen. Die Jungen hatten sie schnell für ihren Plan gewinnen können; als man ihnen klargemacht hatte, dass es um Steppenkopp ginge, waren sie zu allem bereit gewesen.

Die Frage war nun nur noch, ob Tulla recht behalten würde mit seiner Prophezeiung: dass der Gesuchte sich um diese Zeit auch tatsächlich immer in diesem Gelände hier aufhielte. Tulla hatte es nicht für richtig befunden, ihn vor dem Haus zu erwarten; das fiele nur auf, und man hätte im Anwenden der Strafmaßnahmen auch nicht *die* Handlungsfreiheit, die man sich leisten könnte, wenn man ihn hier, zwischen den Trümmern zu fassen bekäme.

Das hatte allen eingeleuchtet, auch Goschnik; und so hatten sie sich also zuerst mal zurückgezogen und hatten die Kinder geworben, und dann waren die Kinder aufgestellt worden, exakt und genau, und es war ihnen eingeschärft worden, sich so unauffällig wie möglich zu verhalten, doch zugleich auch all ihre Aufmerksamkeit auf das umzingelte Gelände zu richten, und sollte er auszubrechen versuchen, hätten sie ihn mit allen Mitteln zurückzutreiben.

Und als das geklärt war, hatten auch die Jungen Stellung bezogen; alle zwanzig Meter ein Mann, Goschnik auf dem rechten, Kalle auf ihrem linken Flügel, Prißke, der am rachsüchtigsten war wegen seines geschwollenen Auges und der verbogenen Brille, als Stoßkeil in der Mitte. Sie waren sehr ungeduldig, Tulla hätte längst zurück sein müssen; alle paar Augenblicke hob einer den Kopf und sah nach rechts, zu Goschnik hinüber, ob der nicht endlich das Zeichen zum Losgehen gäbe.

Aber Goschnik wollte vorsichtig sein, schließlich war das kein Kinderspiel hier, ihm wäre sowieso lieber gewesen, man hätte truppweise vorgehen können; doch das verbot sich bei der Unübersichtlichkeit des Geländes von selbst, und man konnte nun nur hoffen, es würde gelingen, ihn einzukreisen; ein Mann war zu wenig für ihn, das hatte man ja in der Schule an Prißke gesehen.

Jetzt schlug es vom Rathaus herüber dreiviertel; nein, es nützte nichts, man musste auf Tullas Meldung verzichten, sonst fingen die Posten noch an, am Erfolg des Unternehmens zu zweifeln. Goschnik erhob sich und stieß ein paarmal senkrecht die Faust in die Luft. Das Zeichen wurde weitergegeben, und als es ganz links bei Kalle angelangt war, setzten sich die Jungen langsam in Marsch. Goschnik hatte erst ein Trümmerfeld vor sich, auf dem noch eine übrig gebliebene Hausecke stand; auf die hielt er zu; sie musste ein guter Orientierungspunkt sein, denn Tulla hatte gesagt, er hätte Steppenkopp schon häufig dahinter verschwinden sehen.

Von innen betrachtet, war das auch eine sehr merkwürdige Hausecke. Eine rostige Fahrradkette hing an der Wand, und als sollte sie sich an dem kantigen Nagel nicht verletzen, war sie dort, wo sie ihn berührte, mit einem weißen Taschentuch umwickelt worden. Unter ihr krochen auf einer Schieferplatte, die auf zwei zittrigen Sprungfedern ruhte, grüne Schmeißfliegen herum. Goschnik erkannte blutverkrustete Spatzenflaumfedern auf ihr, und angeekelt trat er das Ganze zusammen. Am unheimlichsten aber war ihm der Knochen. Er lehnte schräg an der Wand und war beunruhigend groß und mit zahllosen schmutzigen Kinderfingerabdrücken bedeckt. Goschnik strich sich eine unsichtbare Haarsträhne aus der Stirn und blickte sich argwöhnisch um.

Es blieb ihm jetzt nichts weiter übrig, als dort vorn durch eins der ausgebrannten Fenster zu steigen. Tulla hatte gesagt, es gäbe nur eingestürzte Keller dahinter; niemand hatte diesen Weg wählen wollen, er verspräche keine Erfolgsaussichten, hieß es; aber das waren Ausreden gewesen: sie hatten Angst, durch eingestürzte Keller zu gehen; und um seine Anführerehre zu wahren, hatte Goschnik diesen Abschnitt selbst übernommen. Er bedauerte es jetzt; doch es war nicht mehr zu ändern, und sein linker Nebenmann war auch schon zu weit entfernt, um ihn noch zum Mitkommen bewegen zu können. So balancierte er nun zögernd zu den ausgebrannten Fenstern der Ruinenfassade hinüber, die das Trümmerfeld abschloss.

Es war für keinen von ihnen einfach, in dem unwirtlichen Gelände plangemäß vorwärtszukommen; zu oft verlor man die anderen aus den Augen, und nicht überall gähnten ja zerfallene Hauseingänge und drohende Kellergewölbe, in die es, wie der Befehl lautete, so lange Steine zu werfen galt, bis feststand, es war niemand drin. So kam es, dass sich die Kette der Jungen mehr und mehr auseinanderzog und schließlich zerriss. Auf dem linken Flügel hatte daran allerdings auch noch etwas anderes Schuld, nämlich Kalles Pedanterie. Kalle hatte sich schon in der Schule geschworen, die ständige Beleidigung, die Steppenkopp verkörperte, müsste ausgemerzt werden. Bisher war er immer der Meinung gewesen, am besten ließe sich das in der Turnstunde machen, und er hatte ihn auch schon einmal, wie durch Zufall, von der Leiter gestoßen; erfolglos natürlich, denn der verstand wie eine Katze zu fallen. Aber jetzt war die Gelegenheit, es ihm zu geben, wesentlich günstiger; Hauptsache, man übersah ihn nicht und ließ ihn nach rückwärts entwischen.

Mit dieser Sorge im Herzen ging Kalle nun derart bedächtig zu Werk, dass er bald weit hinter den anderen zurückblieb; denn warfen die zwei Steine in einen Keller, warf Kalle sechs; und begnügten sie sich damit, darauf nur kurz mal ins Dunkel zu lauschen, unterzog sich Kalle auch noch der Mühe, jedes Mal hinunterzusteigen; schließlich, es brauchte ja nicht jeder Stein gleich zu treffen.

Einmal klirrte es bei einem Wurf merkwürdig hell auf; Kalle riss ein Streichholz an und beugte sich in das Kellergewölbe hinab. Zuerst sah er nur die ungefähr in der Mitte des Raums auf vier Backsteinstützen liegende Tür, sie war mit Zeitungsbogen bedeckt, und es standen allerlei blitzende Gegenstände auf ihr umher. Kalle ließ sich hinab, und da waren es winzige Tassen und Teller, und auch noch anderes Puppengeschirr; das meiste hatte der Stein durcheinander geworfen, aber am oberen Teil der Tafel war noch deutlich eine Art Tischordnung zu erkennen; und auch eine hohe, kupferne Granathülle stand dort, sie diente als Vase und war mit Wasser und blühenden Nachtkerzenstauden gefüllt. Kalle befeuchtete sich atemlos die Lippen; dann riss er ein neues Streichholz an und blickte sich um. Jetzt sah er es: das ganze Kellergeviert war von frischen Rattenlöchern durchsiebt.

Er kam darauf sehr schnell wieder aus dem Gewölbe heraus, und fast wäre er ein Stück gerannt, hätte er vor sich, zwischen den Ruinen, jetzt nicht noch ein paar von den anderen entdeckt.

Ein flauer Wind hatte zu wehen begonnen, er drückte die

Mauersegler tiefer heran und strich schmeichlerisch über die Klettenstauden und Hundsrosenbüsche hin und trug Prißke, der, einen scharfkantigen Stein in jeder Hand, lautlos die schmale, halb verschüttete und noch mit Brandbombenschwänzen gespickte Straße entlangschlich, wirbelnde Mörtelstaubfähnchen voran.

Prißke hatte sich einen Leukoplaststreifen um den zerbeulten Nasenbügel der Brille gewickelt, sie saß jetzt ganz schief, und er sah seine Umgebung ständig verzerrt; daher glaubte er erst, sich zu irren, als er die an einem Pfahl festgebundene junge Birke erblickte. Doch dann stieß er wieder auf eine, und die war auch festgebunden, und als er sich umsah, waren die ganzen ruinengesäumte Straße entlang, in leidlich regelmäßigen Abständen Birken eingepflanzt worden. Nein, es war unmöglich, dass ein Vogel oder der Wind sie so ausgesät hatten; es waren auch keine normalen Birken, dazu waren sie zu verkrüppelt; Es waren Trümmerbirken. Man konnte es auch an ihren gespreizten Wurzeln erkennen, von denen viele an der Oberfläche noch staubig waren und sonnengegerbt: diese Birken waren von Ruinen, Mauern und steinernen Nischen abgelöst worden. Sie schienen sogar regelmäßig gegossen zu werden, jede der kleinen Mulden, die sie umgaben, war feucht.

Prißke hatte es gern, wenn Unwahrscheinlichkeiten sich schnell erklären ließen; aber hierfür fand er keine Erklärung. Das heißt, er hatte schon eine, doch er gestand sie sich nicht ein, sie passte nicht zu den Steinen in seinen Händen. Er blieb einen Augenblick stehen und fuhr sich erregt mit dem Daumen hinter die beschlagenen Brillengläser; vor ihm, neben einer hohen, brennend roten Fabrikruine, lag jetzt etwas, das schien besser zu passen.

Mit angehaltenem Atem und jäh entzündetem Flecken auf den blassen, eingefallenen Wangen schob sich Prißke, halb widerstrebend, halb triumphierend, heran. Es war Tulla; er lag mit blutverklebtem Haar auf dem Gesicht und fing eben an, wieder zu sich zu kommen. Ehe Prißke ihm half, steckte er zwei Finger in den Mund und stieß einen schrillen, weithin hallenden Pfiff aus. Gerade da begannen auch wieder die Wanderfalken zu schreien.

Heini hörte sie in seinem unterirdischen Gang nur gedämpft. Er war dicht vor dem Mauerdurchbruch stehen geblieben und sah fern vor sich nun schon in schrägen, staubflirrenden Balken das Sonnenlicht durch die eingestürzte Kellerdecke hereinfallen. Dort erwartete ihn ein greller und unbeteiligter Tag. Trotzdem, er zog ihn jetzt dem heuchlerischen Schatten und dem verlogenen Dunkel seines untreuen Königreichs vor. Hätten ihn doch nur die Wanderfalkenschreie nicht mehr erreicht! Aber warum hatten die Falken auch seinen Befehl nicht befolgt und waren auf Jagd ausgeflogen? Das Schlimmste hatte er doch abgewendet von ihnen; und das Kind verriet sich ja nur, wenn es am Himmel die Eltern erkannte. Er verstand sie nicht; er verstand niemand mehr in seinem Reich. Die Ratten nicht und nicht den Wind. Nicht die herrenlosen Tauben und nicht die Steine. Weder die Asche noch den Staub. Auch die Nachtkerzen nicht, und schon gar nicht die Sonne.

Keiner war ihm zu Hilfe gekommen; niemand hatte gehorcht. Er war allein.

Er lauschte noch einmal in das Dunkel zurück. Die Falken schrien immer noch. Nein, er konnte ihnen jetzt nicht mehr helfen, die Sonne hatte ihn verraten, er war machtlos. Er konnte jetzt nur noch den Altar zerstören und dann –

»Steppenkopp«, sagte da eine gepresste Stimme.

Heinis Kopf schnellte nach vorn; um eine Ecke des Nebenkellers herum sah Goschnik ihn an.

Heini hörte im Kehrtmachen noch, wie Goschnik einen Satz zu dem Mauerdurchbruch hin tat, dann hatte er nur noch das Geräusch seiner trommelnden Schritte im Ohr. Es war schwer, im Dunkeln zu rennen. Vielleicht rannte er auch gar nicht, vielleicht kroch er nur und hörte sein Herz. Denn es dauerte endlos, bis die Wände zurückfielen, und die Steinstufen kamen und fern, unter der tief hängenden Decke der Lagerräume hindurch, die vom sonnigen Innenhof geröteten Kellerluken aufglühten.

Goschnik allerdings war bestimmt gerannt; sonst hätte er unmöglich schon so nah sein können. Heini hörte sein Keuchen jetzt deutlich; es klang hart, rhythmisch, ausdauernd, verlässlich; fast, als würden Goschniks Beine von einem Motor bewegt. Heini schlug ein paar Haken; Goschnik steuerte mit. Heini übersprang einen Quader; Goschnik sprang auch. Heini stolperte, Goschnik nicht. Aber jetzt waren die Luken da. Heini duckte sich und federte hoch, und seine Hände krallten sich an dem Steingesims fest, und er zog sich hinauf.

Nun war Goschnik heran; er griff zu, Heini trat ihm unter das Kinn, Goschniks Griff löste sich, Heini bekam das Fußgelenk frei und wälzte sich auf den Hof.

Ein Pfiff; er taumelte auf: Prißke stand da, in seinen Brillengläsern zweimal die Sonne.

Schrittsalven prasselten jetzt draußen heran, brachen ab. Zurück zu den Luken. Halt, dort zwängte sich Goschnik heraus. Geblendet, geduckt tappte Heini zur anderen Hofseite hin. Nein, die Fenster waren zu hoch. Er drehte sich um.

Jetzt sah er sie alle; sie hatten Steine und zerbrochene Flaschen in den Händen und kamen langsam heran. Witternd hob er den Kopf, ob er die Falken nicht sähe. Der Himmel war leer.

(1954)

Das Manöver

In Kürze schon konnte der Ordonnanzoffizier der Manöverleitung melden, dass sich kein menschliches Wesen mehr innerhalb der Sperrzone befand. Der General ordnete zwar noch einige Stichproben an, doch seine Sorge erwies sich als unbegründet: jedes der untersuchten Gehöfte war leer; die Übung konnte beginnen.

Zuerst setzen sich die Geländewagen der Manöverleitung in Marsch, gefolgt von der Jeepkette der Militärdelegationen. Den Abschluss bildete ein Sanitätsfahrzeug. Es herrschte strahlendes Wetter; ein Bussardpaar kreiste vor der Sonne, Lerchen hingen über der Heide, und alle paar hundert Meter saß in den Büschen am Weg ein Raubwürger oder stob leuchtend ein Goldammernschwarm ab.

Die Herren waren blendender Laune. Sie hatten nicht mehr lange zu fahren, eine dreiviertel Stunde vielleicht; dann bog das Fahrzeug des Generals, langsam von den anderen gefolgt, vom Feldweg ab und hielt am Rand eines kurzen, mit Ginster bestandenen Höhenzugs. Hier war schon alles vorbereitet. Eine Gulaschkanone dampfte, Marketenderware lag aus, Feldkabelleitungen wurden gezogen, Klappstühle standen herum, und durch die bereitgehaltenen Ferngläser konnte man weithin über die Ebene sehen.

Der General gab zunächst einen kurzen Aufriss der geplanten Gefechtsübungen; sie sollten vornehmlich von Panzern und Infanterieeinheiten bestritten werden. Der General sprach abgehackt, wegwerfend und in leicht ironischem Tonfall; er wünschte, man möchte ihm anmerken, dass er dieses Manöver für eine Farce hielt, denn es fehlte die Luftwaffe.

Das Manövergelände wurde im Norden von einer ausgedehnten Kusselkiefernschonung und im Süden von einem verlandeten Luch abgegrenzt. Nach Osten zu ging es in eine dunstflimmernde Heidelandschaft über. Es war schwer zu übersehen, zahlreiche Wacholdergruppen und allerlei mit Heide oder Ginster bewachsene Hügel und Bodensenken würden es den Panzern nicht leicht machen; zudem waren die dazwischen verstreuten Gehöfte, wie sich der Adjutant ausgedrückt hatte, für PAK- und IG-Nester* geradezu prädestiniert.

Es war Mittag geworden. Die Ordonnanzen hatten eben die Blechteller, von denen die Herren ihr Essen zu sich genommen hatten, wieder eingesammelt, und allerorts auf dem Hügel stiegen blaue Zigarettenwölkchen in die reglose Luft, da mischte sich in das Lerchengedudel und das monotone Zirpen der Grillen von fern das dumpfe Gleitkettenrasseln und asthmatische Motorgedröhn der sich nähernden Panzerverbände. Zugleich wurden überall im Gelände wandernde Büsche sichtbar, die jedoch ständig wieder mit dem Landschaftsbild verschmolzen. Lediglich die unruhig hier und dort aufsteigenden Goldammerntrupps ließen vermuten, dass die Infanterie dort Stellung bezog.

Es dauerte eine halbe Stunde vielleicht, da brachen, mit den Ferngläsern eben erkennbar, aus den Kusselkiefern die ersten Panzer hervor, dichtauf von kleineren, jedoch ungetarnten Infanterieeinheiten gefolgt; und nicht lange, und man sah auch um das Luch herum sich ein tief gestaffeltes Feld von Panzern heranschieben. Die Luft dröhnte; der Lärm hatte den Lerchengesang ausgelöscht, es blieb jedoch zu vermuten, dass er weiter ertönte, denn die Lerchen hingen noch genauso in der Luft wie zuvor. Die getarnte Infanterie hatte sich inzwischen eingegraben. Auch die in der Nähe der Gehöfte in Stellung gegangenen IG's und PAK's waren ganz unter ihren Tarnnetzen verschwunden.

Jetzt sahen sich allmählich auch jene Offiziere genötigt, ihre Ferngläser vor die Augen zu heben, die bisher etwas

* Panzerabwehrkanone und Infanterie-Geschütz

gelangweilt abseits gestanden hatten, denn nun eröffneten die Panzer das Feuer. Anfangs streuten sich zwar noch wahllos das Gelände ab, doch als dann auch das sich von Süden her nähernde Feld beidrehte, um sich durch eine weit ausholende Zangenbewegung mit dem nördlichen zu vereinigen, fraßen sich die Einschläge immer mehr auf das eigentliche Übungsgelände zu.

Die eingegrabenen Infanterieverbände ließen sich überrollen. Sie warteten, bis das Gros der Panzer vorbei war; dann erst ging Gruppe um Gruppe, unterstützt von PAK's und IG's, zum Angriff teils auf die begleitende Infanterie, teils, mit allerlei Spezialwaffen, auf die einzelnen Panzer über, die sich nachhaltig, wenn auch etwas schwerfällig, zur Wehr setzten. Nun war die Schlacht in vollem Gang.

Unglücklicherweise war aber ein Wind aufgekommen, der die Staub- und Pulverdampfwolken auf den Hügel der Manöverleitung zutrieb, sodass den Offizieren einige Zeit jede Sicht entzogen war. In die Ginsterbüsche um sie herum waren indes allerlei verängstigte Vögel eingefallen, Stieglitze, Goldammern und einige Raubwürger. Ihre Angst hatte sie zutraulich gemacht, sie schienen die Offiziere ebenfalls für eine Schar durch die Schlacht in Mitleidenschaft gezogener Heidebewohner zu halten.

Der General musste sich Mühe geben, sich sein Ungehaltensein nicht anmerken zu lassen. Es gelang ihm nur schwer; er ärgerte sich, dass der Wind sich ihm widersetzte. Plötzlich flaute der Gefechtslärm unvermutet ab, und als im selben Augenblick eine Bö den Qualmschleier zerriss, bot sich den Offizieren ein merkwürdiges Bild.

Das gesamte Übungsgelände, durch die Zangenbewegung der Panzer nun etwa auf einen knappen Quadratkilometer zusammengeschrumpft, wimmelte von Schafen, die, von offensichtlicher Todesangst gejagt, in mehreren unglaublich breiten, gegeneinander anprallenden und ineinander schmelzenden Strömen zwischen den Panzern umherrasten.

Die Panzer hatten gehalten und, um die Tiere nicht noch kopfscheuer zu machen, auch ihre Motoren abgestellt. Die PAK's und IG's schwiegen ebenfalls, und durch die Ferngläser konnte man erkennen, wie hier und dort in den Fenstern der zunächst gelegenen Gehöfte neugierige Soldatengesichter erschienen, die gebannt auf das seltsame Schauspiel herabsahen. Auch die Turmluks der Panzer gingen jetzt auf, immer zwei bis drei ölverschmierten Gesichtern Raum lassend, und plötzlich war die Luft, eben noch bis zum Bersten geschwellt vom Gefechtslärm, mit nichts angefüllt, als dem tausend- und abertausendfachen Getrappel der Schafhufe, einem Geräusch, das sich auf dem ausgedörrten Boden wie ein gewaltiger, drohend aufbrandender Trommelwirbel anhörte, der lediglich hin und wieder mal ein halb ersticktes Blöken freigab. Der General, fleckig vor Zorn im Gesicht, sah sich nach seinem Ordonnanzoffizier um, der mit der Evakuierung des Geländes beauftragt gewesen war.

Der war blass geworden. Er stammelte einige unbeholfene Entschuldigungen und vermochte sich nur mühsam soweit zu rechtfertigen, dass er behauptete, die Schafe könnten einzig von außerhalb des Gefechtsgeländes eingebrochen sein.

Mit Rücksicht auf die anwesenden Gäste verbiss sich der General eine Erwiderung und rief den Gefechtsstand an. Die Schafe, befahl er mit bebender Stimme, hätten umgehend zu verschwinden, die verantwortlichen Herren sollten sofort die entsprechenden Befehle erteilen.

Die Offiziere am Gefechtsstand sahen sich an. Auch ihnen war die Peinlichkeit der Situation klar. Doch wie sich gegen diese Flut von Sinnen gekommener Schafherden zur Wehr setzen? Sie fanden, dass der General es sich etwas leicht machte. Immerhin, sie gaben an die nördliche Flanke einen Feuerbefehl und befahlen gleichzeitig den Panzern auf dem südlichen Flügel, den Tieren einen Durchlass zu öffnen, in der Hoffnung, dass das immer noch wirr durcheinanderwogende Feld so fluchtartig sich ordnen und ausbrechen werde.

Doch die Tiere gehorchten anderen Gesetzen. Als die Schusssalve ertönte, fuhr zwar ein großer Schreck in die Herden, aber vor der erhofften Ausbruchstelle stauten sich die Tierströme plötzlich, bäumten sich auf und fluteten, womöglich noch kopfloser als vorher, wieder in den Kessel zurück, wobei die in ihren Erdlöchern kauernden Infanteristen alle Mühe hatten, sich der über sie wegdonnernden Schafhufe zu erwehren.

Nun konnte der General sein Ungehaltensein nicht länger verbergen. Er rief abermals den Gefechtsstand an und schrie in die Muschel, er werde die verantwortlichen Offiziere nach Beendigung des Manövers zur Rechenschaft ziehen, und sie sollten jetzt gefälligst mal achtgeben, wie man mit so einer Schafherde umspränge, er, der General, würde es ihnen jetzt vorexerzieren. Darauf entschuldigte er sich bei den Delegationen, befahl dem Ordonnanzoffizier, ihn zu vertreten, begab sich den Hang hinunter zu seinem Jeep und ließ sich, so weit es ging, in das Getümmel der Schafleiber hineinfahren.

Es ging aber längst nicht so weit, wie er gedacht hatte; die Tiere scheuten zwar vor den Panzern, doch der Jeep des Generals war ihrer Angst zu unbedeutend, und im Nu war er derart eingekeilt, dass er weder vorwärts konnte noch rückwärts.

Der General hatte eigentlich vorgehabt, ein paar Züge Infanterie zusammenzuraffen und mit ihrer Hilfe die Schafe zu jener Ausbruchstelle zu treiben; jetzt musste er einsehen, dass das unmöglich war. Aber er sah noch etwas ein; er sah ein, dass er sich lächerlich gemacht hatte. Er spürte im Nacken, dass die Militärattachés auf dem Hügel ihn durch die Ferngläser beobachteten, und in Gedanken hörte er sie lachend allerlei Witzeleien austauschen.

Ein maßloser Zorn stieg plötzlich in ihm auf; ihn, der sich in zwei Weltkriegen und Dutzenden von Schlachten bewährt hatte, ihn sollte dieses Gewimmel dumpfer, nur ihrem Herdeninstinkt gehorchender Tiere der Lächerlichkeit preisgeben?

Er spürte, wie ihm das Blut ins Gehirn stieg, er schrie den Chauffeur an, er solle Gas geben und weiterfahren; der Chauffeur gehorchte auch, aufheulend fraßen die Räder sich in den staubigen Boden; aber der Wagen rührte sich nicht, der Gegendruck der ihn umwogenden Schafherden war stärker. Da riss der General, verrückt fast vor Zorn, die Pistole aus dem Gurt und schoss, wahllos in die Herden hineinhaltend, sein Magazin leer. Im selben Augenblick wurde der Wagen auf der einen Seite eine Kleinigkeit angehoben, er schwankte, als würde er von windbewegten Wellen getragen, neigte sich etwas, und ehe noch der General und der Chauffeur sich hätten auf die entgegengesetzte Seite werfen können, stürzte er langsam und fast vorsichtig um.

Es dauerte eine Weile, bis der General sich gegen die über ihn hinrasenden Schafhufe nachhaltig genug zur Wehr setzen konnte und die schmerzenden Beine unter der Jeepkante hervorgezogen hatte. Benommen erhob er sich und blickte sich um.

Die Welt schien nur aus Schafen zu bestehen; so weit das Auge reichte, reihte sich Wollrücken an Wollrücken, die Panzer ragten wie zum Untergang bestimmte Stahlinseln aus dieser Tierflut hervor.

Jetzt erst bemerkte der General, dass sich um ihn und den Jeep ein winziger freier Platz gebildet hatte, die Schafe schienen vor irgendetwas zurückgewichen zu sein. Der General wollte sich eben dem Chauffeur zuwenden, der sich den Kopf angeschlagen hatte und ohnmächtig geworden war, da gewahrte er, dass sich noch jemand innerhalb des Bannkreises befand; ein riesiger schwer atmender Widder.

Reglos stand er da, den zottigen Schädel mit dem unförmigen Schneckengehörn abwartend gesenkt; das Weiß seiner Augen spielte ins Rötliche, Brust und Vorderbeine des Tieres zitterten wie von einem im Innern laufenden Motor erschüttert, Hals und Gehörnansatz wiesen mehrere frische Schusswunden auf, aus denen in schmalen Rinnsalen fast tiefschwarzes Blut quoll, das sich langsam im klettenverklebten Brustfell verlief.

Der General wusste sofort: dieses Tier hatte er vorhin verwundet, und diesem Tier würde er sich jetzt stellen müssen. Er tastete nach seiner Pistolentasche, sie war leer. Behutsam, ohne den Widder dabei aus den Augen zu lassen, machte er einen tastenden Schritt zum Jeep hin, den er gern zwischen sich und dem Widder gebracht hätte. Doch kaum sah der sich den Gegner aus seiner Starre lösen, da raste er mit zwei, drei federnden Sätzen heran, der General warf sich zur Seite, und der Kopf des Widders krachte gegen die Karosserie. Er schüttelte sich und starrte einen Augenblick wie betäubt vor sich nieder.

Dem General schlug das Herz bis in den Hals, er spürte, wie ihm Stirn und Handflächen feucht wurden. Sein Zorn war verflogen. Er dachte auch nicht mehr an die Bemerkungen der Herren auf dem Manöverhügel, er dachte nur: Er darf mich nicht töten, er darf mich nicht töten. Er war jetzt kein General mehr, er war nur noch Angst, nackte, bebende Angst; nichts anderes hatte mehr in ihm Platz, nur diese Angst.

Da warf sich der Widder herum; der General spürte einen wahnsinnigen Schmerz in den Eingeweiden, eine Motorsäge kreischte in seinem Kopf auf, er musste sich übergeben, er stürzte, und noch während er umsank, stieß ihm der Widder abermals das klobige Schneckengehörn in die Bauchgrube; der General spürte, wie etwas, das ihn an diese Erde gebunden hatte, zerriss, dann ging das Kreischen der Motorsäge in einen unsagbar monotonen Geigenstrich über, und ihm schwanden die Sinne.

Niemand hatte geahnt, dass der General sich in Lebensgefahr befunden hatte. Einige der Panzerbesatzungen und die Offiziere auf dem Manöverhügel hatten zwar, als der Jeep umgekippt und dann plötzlich der Widder auf den General losgegangen war, den Eindruck von etwas Ehrenrührigem und Peinlichem gehabt, aber auf die Idee, der Widder könnte dem General gefährlich werden, war niemand gekommen. Die Offiziere fühlten sich daher, als der General sich nicht wieder erhob, etwas merkwürdig berührt; ein Teil versuchte sich abzulenken; ein Teil überlegte aber auch, wie man durch dieses Meer von Tierleibern hindurch zu ihm hingelangen könnte.

Es waren die Schafe selbst, die die Herren der Peinlichkeit ihres Untätigseinmüssens enthoben. Ganz plötzlich, wie auf einen unhörbaren Befehl hin, entstand nämlich inmitten der immer noch hektisch gegeneinander anbrandenden Herden so etwas wie eine Art ordnender Wirbel, der ständig breitere Tierströme mit einbezog, bis sich auf einmal eine gewaltige Sogwelle von ihm ablöste, die ihn im Nu aufgerollt hatte und, das gesamte Feld hinter sich herreißend, sich ostwärts in die dunstflimmernde Heide ergoss, wo die Tiere, innerhalb kürzester Frist, hinter einer riesigen rötlichen Staubwolke verschwunden waren.

Als der Ordonnanzoffizier, zugleich mit den Offizieren vom Gefechtsstand, bei dem umgestürzten Jeep angelangt war, hatten die Sanitäter, unterstützt von einigen Panzersoldaten, den Leichnam des Generals schon auf eine Leichtmetallbahre gehoben und waren dabei, ihn zum Krankenwagen zu tragen; der Chauffeur des Generals half ihnen dabei.

Eine Wiederaufnahme der Gefechtsübungen erschien nicht ratsam. Da die Panzer sich hierfür wieder auf ihre Ausgangsposition hätten zurückziehen müssen, was gleichbedeutend mit einem gut dreifachen Spritverbrauch gewesen wäre, glaubte der rangälteste Offizier es verantworten zu können, die Übung kurzerhand abzublasen.

Enttäuscht schlenderten die Herren wieder zu ihren Geländewagen, die Fahrer ließen die Motoren an, und langsam, vorbei an den schwerfällig wendenden Panzern und den Trupps sich sammelnder Infanterie, setzte die Jeepkette sich in Marsch; den Abschluss bildete der Sanitätswagen.

Es dauerte nicht lange, da zog auch die Infanterie ab; ihr folgten die PAK's und IG's; und zuletzt war nur noch die Feldküche übrig, auf die die Ordonnanzen die Klappstühle verluden, während zwei Nachrichtenleute die Feldkabel abbauten. Bald war auch diese Arbeit getan. Der Fahrer der Feldküche pfiff die Leute zusammen, sie stiegen auf, und einen sorgsam mit Wasser besprengten Aschenhaufen zurücklassend, rollte die Feldküche mit halb angezogenen Bremsen den Abhang hinab.

Nun kehrte den Vogelscharen, die zu Beginn des Gefechts auf dem Ginsterhügel eingefallen waren, der Lebensmut wieder. Sie schüttelten sich, sie putzten sich umständlich, und Schwarm nach Schwarm stoben sie ab, hinab in die Ebene, über der immer noch, fast unbeweglich, die Lerchen hingen, deren Gesang nun wieder mit dem monotonen Zirpen der Grillen, dem Summen der Bienen und dem trunkenen Schrei des Bussardpaares verschmolz.

(1953)

Reusenheben

Der Boden war morastig und federte, wenn er den Fuß auf ihn setzte. Moos, Riedgras und Binsen wuchsen darauf; das Weidengebüsch war gut über mannshoch.

Er wollte versuchen, den Kahn flottzubekommen, um heimlich ein paar Reusen zu heben; bloß so, mal reinsehen, nichts weiter. Denn es mit nach Hause zu nehmen, das Fischzeug, das ging nicht; dann wäre es ja rausgekommen, dass er die Schule geschwänzt hatte.

Eigentlich hätte er jetzt umkehren müssen: der Weg zurück in die Stadt war lang, und es war sicher schon später als eins. Aber da war das Fasanenhäuschen gewesen, vor dem er auf der Lauer gelegen hatte, bis sie angepurrt kamen, die Langschwänzigen mit dem diamantenen Halskrausen und den unscheinbar braunen, betulich pickenden Hennen im Schlepp. Und da waren die leeren Schneckenhäuser gewesen, die man aufheben musste, und die vorjährigen Rohrsängernester im Schilf, oder das leuchtende Krähengewölle mit den brandroten Gummibändern darin, die sie für Fleischfasern geschluckt hatten, die gierigen Biester.

Und jetzt war als Letztes, als Clou sozusagen, noch der Kahn übrig geblieben. Hier, gleich um die Schilfecke herum, wo die erlenstümpfige Schlenke sich in den Wald schob, da lag er an einen Stubben gekettet. Sicher, das Schloss war nicht aufzukriegen; aber die Kramme, die die Kette am Kahn hielt, die wackelte: vielleicht ließ sie sich rausbrechen.

Die Schneckenhäuser in seiner Tasche klapperten leise beim Laufen. Er atmete mit offenem Mund.

Als er um die Schilfecke bog, sah er den Mann. Der kniete zwischen den Binsenkubben und fingerte an einem Bündel herum.

Willi duckte sich und stützte die Hände ins Moos. Da sah

er, dass das Bündel ein Mensch war, eine Frau, die die Beine bewegte. Aber sie bewegte sie nicht mehr lange; nur noch ein bisschen, dann lag sie still.

Der Mann stand auf und klopfte sich die Knie ab. Dann stieß er mit dem Fuß nach der Frau; doch die rührte sich nicht.

Willis Hände krampften sich ins Moos, zwischen den Fingern trat grünliches Wasser hervor. Er starrte noch immer die Frau an; auch noch, als der Mann ihn bemerkt hatte und nun langsam herankam.

»Na –?«, fragte er.

Willi sah auf. »Ist sie tot?«

»Ja«, sagte der Mann.

»Warum hast du sie totgemacht?«

Der Mann bückte sich und sah blinzelnd in die Weidenbüsche ringsum. »Bist du allein?«

»Ja«, sagte Willi.

Der Mann kam näher.

Willi sah an ihm vorbei auf die Frau. »Mochtest du sie nicht?«

»Nein«, sagte der Mann.

»Und jetzt?«

»Was suchst du hier?«, fragte der Mann.

»Was?«, fragte Willi.

»Was du hier suchst.«

Die Frau war blond; sie hatte einen hellen Mantel an und trug Schuhe mit flachen Absätzen, an denen Morast und welkes Eichenlaub klebten.

»Ich wollte zum Kahn«, sagte Willi.

»Zu welchen Kahn?« Der Mann schob die Hände in die Taschen.

»Zu dem da.«

»Der ist fest«, sagte der Mann.

»Die Kramme wackelt aber.«

»Ach nee.«

»Ja. Wenn man mit'm Stein dranklopft, dann geht sie raus.«

»Wem gehört n der Kahn?«

»Dem Fischer.«

»Kommt der oft her –? Heute zum Beispiel –?«

»Heute bestimmt nicht.«

Der Mann drehte sich um und ging zurück zu der Frau.

»Komm mal her.«

Willi ging hin.

»Du nimmst die Beine«, sagte der Mann. Er fasste der Frau unter die Arme. »Los; mach schon.«

Willi griff zu, und sie schleppten die Tote zum Kahn.

»Ihre Tasche noch«, sagte der Mann.

Willi ging zurück und hob die Handtasche auf.

Der Mann ruckelte die Kramme heraus, dann zerrte er die Frau in den Kahn. »Wo ist das Ruder?«

»Ich hol s«, sagte Willi.

»Wo s Ruder ist.«

»Versteckt. Da, in der abgestorbenen Eiche.«

Der Mann keuchte, als er zurückgerannt kam; das Ruder auf seiner Schulter tanzte hin und her. »Hast du gehört –?!«

»Was?«, fragte Willi.

Sie lauschten.

»Da –«, sagte der Mann; sein hochgehobener Zeigefinger zitterte.

»Ach, das –: n Bussard.«

»n was?«

»n Bussard«, sagte Willi; »der schreit so.«

»Kennst dich wohl aus hier?«

»s geht.«

Sie fuhren dicht am Schilfgürtel entlang. Der Mann ruderte, Willi steuerte mit dem Deckel des Fischkastens. Wo die Schlenke in den See mündete, ließen sie die Tote ins Wasser. Ihr Rock bauschte sich auf, der Mann drückte die Luft darunter mit dem Ruder heraus. »So«, sagte er.

»Hier«, sagte Willi; »die Tasche noch.«

»Gib her.«

Willi stand auf und hielt sie ihm hin. Auch der Mann erhob sich. Einen Augenblick lang sah er sich um; dann machte er einen hastigen Schritt auf Willi zu. Der Kahn schwankte; Willi taumelte etwas, der Mann packte ihn und hielt ihn fest.

»Geht schon«, sagte Willi.

Der Mann ließ ihn los und warf die Tasche ins Schilf. »Abfahrt.«

Als sie zurückruderten, kamen sie an einem Reusenkorken vorbei.

Willi kniete im Bug. »Da liegt ne Reuse.«

Der Mann hörte auf zu pfeifen. »Wo?«

»Da.«

»Mal reinsehen?«

»Möchte schon.«

»Los.«

Sie ruderten hin.

»Links«, sagte Willi; »noch mehr. So. Und jetzt rechts gegen. Stop.«

Er stand auf und bückte sich über den Kahnrand.

»Na –?« Der Mann reckte den Hals.

»Schleie«, sagte Willi. Er ließ die Reuse wieder ins Wasser und stieß den Kahn von einem Erlenstumpf ab. »Schleie sind langweilig.«

Der Mann ruderte weiter; er pfiff wieder.

»Ich weiß, wo noch welche liegen.«

»Was –?«

»Ich weiß, wo noch welche liegen.«

»Na –?«

»Da drüben.« Willi deutete rüber.

»Schön«, sagte der Mann.

»Neulich war mal n Blesshuhn in einer.«

»Nanu.«

»Komisch, nicht? Weil die doch tauchen. Auch ne Wasserratte war schon mal in einer.«

Eine Libelle stand über ihnen in der Luft; ihre Flügel glänzten.

»Wie ist das«, fragte der Mann: »Wohnst du hier?«

»Stop«, sagte Willi. Er kniff die Augen zusammen und beugte sich über den Kahnrand.

»Na –?«

»Leer. Dabei war in der sonst immer was drin.«

»Vielleicht kaputt.«

»Nee. Die liegt falsch; die ist auf die Seite gekippt.«

»Merken sie n das?«

»Die –? Na, du hast ne Ahnung. Und ob.«

Der Mann ruderte weiter. »Du wohnst also hier.«

»Nee; in der Stadt. Mehr rechts; noch mehr. So; gut. Junge, die wackelt. Pass auf, mit der ist was los, wetten.«

Der Mann hatte sich etwas vom Sitz erhoben, er sah Willi zu.

»Barsche. Jetzt kuck dir das an; alles voll Barsche.«

»Hübsch sehen die aus.«

»Nicht?« Willi ließ die Reuse wieder ins Wasser.

»Nimmst n dir keinen von raus?«

»Bin doch nicht blöde. Dass die was merken zu Hause!«

Der Mann ruderte weiter. »Was n merken?«

»Sagst du auch nichts?«

»Na, hör mal.«

»Mensch, ich schwänz doch.«

»Ah –. Ja, das ist wahr: Fische, die würden dich da verraten.«

Sie ruderten zum Ufer und legten an. Ein Haubentaucher schrie heiser im Schilf. »Komm, mach«, sagte der Mann.

»Erst noch die Kramme; Moment.« Willi drückte sie in die Kahnwand. Dann brachte er das Ruder zurück.

»Los doch.«

»Komm ja schon.«

Sie liefen ein paar Waldwege entlang zur Chaussee. Gerade als sie raustraten, kamen zwei Radfahrer an.

»Was ich dich noch fragen wollte«, sagte der Mann laut: »magst du eigentlich Meerschweinchen gern?«

»Hör mal«, sagte Willi; »wo ich doch selber drei hab.«

Sie liefen ein Stück die Chaussee entlang. In den Birkenblättern am Rand glänzte die Sonne. Eine Elster zuckte scheckernd vor ihnen her. Einmal tauchte ein Fußgänger auf. Der Mann blieb stehen und sah auf die Uhr. »Hui, hui.«

»Spät –?«

»Vier gleich.«

»Mensch! Ich werd verrückt.« Willi gab dem Mann die Hand.

»Dann mach's gut.«

»Du auch.«

Vor der Kurve drehte Willi sich noch einmal um.

Der Mann stand immer noch auf der Chaussee. »Was ist n los?«, rief er.

»Verrätst du's auch *wirklich* nicht?«

»Was.«

»Na, dass ich geschwänzt hab.«

»Bestimmt nicht.«

»Dann ist's gut. Servus!«

Der Mann hob den Arm.

(1949/1951)

Eine Rechnung, die nicht aufgeht

Nicht, dass Lohse ein Mensch ohne Mitleid gewesen wäre; Lohse gab, wenn er Kleingeld hatte, jedem Bettler etwas, und er gab auch, wenn es schon dämmerte, und es niemand mehr sah. Aber mit Herriegel, das, fand er, ging zu weit.

Gewiss, Herriegel war sein Schulkamerad, Herriegel war ein aufmerksamer Geburtstagsbehalter und im Grunde, trotz dieser Urkundenfälschung, ein Mann, dem Lohse immer vertraut haben würde.

Aber ihn deshalb im Gefängnis besuchen? Wie diese Madam Herriegel sich das vorstellte!

»Er freut sich, Herr Lohse; was meinen Sie, wie er sich freut!«

Einen Dreck würde er; Herriegel war ein Charakter. Verlegen werden würde er, wenn Lohse ihn besuchen käme, das war alles. Nein, Lohse würde warten, bis Herriegel seine fünf Jahre herum hatte, und dann tun, als wäre nichts weiter geschehen; *so* verhielt sich ein Gentleman. Frau Lohse war jedoch anderer Meinung, und da sie sehr pointiert vorzutragen verstand, setzte sich Lohse eines Sonntags, obwohl es trübe war, eine Sonnenbrille auf, zog sich die Hutkrempe ins Gesicht und fuhr hinaus. »Hinaus«, fand er, war der richtige Ausdruck, noch mehr hinaus ging es eigentlich kaum noch; die Straßenbahn hielt vor einem Prellbock, dessen Erdaufwurf mit Kamille und Hederich bewachsen war; etwas weiter wurde die Straße von einem ölfleckigen Flüsschen durchschnitten, aus dem, wie das Gerippe eines gestrandeten Wals, die Überreste einer gesprengten Brücke heraussahen; ringsum war Feld, und rechts ragte, hinter einem Gebirge aus verrosteten Konservenbüchsen, das Backsteingeviert des Gefängnisses auf.

Lohse wartete, etwas nervös geworden von dem engen

Kontakt, den die übrigen Gefängnisbesucher miteinander hatten, bis der letzte in den holprigen Fußpfad eingebogen war, dann sah er sich um und schloss sich zögernd dem Besucherstrom an.

Er versuchte aus sich klug zu werden. An sich gehörte er zu jener Kategorie Menschen, denen das immer gelang. Heute jedoch bereitete es ihm Schwierigkeiten. Ihm war unbehaglich zumut. Aber merkwürdigerweise ging dieses Unbehaglichkeitsgefühl irgendwo auch in ein angenehm-aufregendes Prickeln über. Das Unbehagen, glaubte er, rührte von der Vorstellung her, als zufällig unbescholtener Mensch vor einen zufällig bescholtenen hintreten zu müssen; er hatte es schon zu Hause gehabt und deshalb extra seinen abgetragensten Anzug gewählt. Jenes Prickeln jedoch hatte sich eben erst eingestellt, und er hatte nicht die mindeste Vorstellung, worauf man es hätte zurückführen können. Nun, er würde jedenfalls auf der Hut sein; denn Lohse hasste nichts so sehr wie ein unkontrolliertes Gefühlsleben.

Vor dem Hauptportal des Gefängnisses erwartete ihn eine Zeremonie, die ihn um ein Haar zur Umkehr bewogen hätte. Der talggesichtige Pförtner wollte (was Lohse noch einsah) nicht nur den Namen des zu Besuchenden, er wollte (und das sah Lohse nicht ein) auch den des Besuchers wissen, und da er schlecht hörte oder Lohse nicht leiden konnte, sah der sich gezwungen, seinen Namen so laut zu sagen, dass glücklich alle ihn hörten. Immerhin konnte Lohse nun wenigstens seine Sonnenbrille abnehmen und sich den Hut wieder normal aufsetzen; was auch etwas wert war, denn diese Verkleidung hatte ihn schon in der Straßenbahn unsicher gemacht.

Nun öffnete der Pförtner das Portal, und Lohse sah auf den pfützenbedeckten Wirtschaftshof. Vom Hauptgebäude herüber kam eine Schar schlüsselbundklappernder Wärter; sie hatten dieselbe ungesunde Gesichtsfarbe wie der Pförtner, und Lohse hasste sie vom ersten Augenblick an, gestand sich jedoch im selben Moment ein, seine Abscheu richte sich im Grunde nicht gegen die Wärter, sondern gegen eine Gesellschaft, die solche Wärternaturen heranzog.

Lohse wurde einem sehr jungen Wärter zugeteilt, er hatte die Mütze schief auf dem linken Ohr und trug spiegelnde Schäfter. Ein graubärtiger Alter hatte in Lohse den Novizen erkannt und erklärte ihm, indes sie den Hof überquerten, was sich dort hinter der rechten Mauer erhöbe, sei die Frauenabteilung, und was hinter der linken Mauer dort aufragte, sei die Schwere Abteilung. Bei dieser Bezeichnung spürte Lohse wieder jenes merkwürdige Prickeln, das ihn vorhin schon befallen hatte; ärgerlich verbat er sich des Alten Belehrung; doch da er wusste, sein Ärger galt nicht dem Alten, sondern sich selbst, wuchs sein Zorn nur noch mehr an, und er vergaß ihn erst wieder, als sie drüben im Hauptgebäude die zwielichtige Eisentreppe hinaufgingen.

Auf halbem Wege kam ihnen ein Trupp Gefangener entgegen. Lohse war sehr enttäuscht, in ihren Gesichtern weder etwas von schwelender Rebellion noch von versklavtem Freiheitsdrang zu entdecken, es waren biedere Durchschnittsgesichter, ihre Träger hätten hinter jedem Postschalter sitzen können.

Der junge Wärter brachte seine Besuchergruppe in einen dürftig erhellten Raum, der durch ein engmaschiges Gitter in zwei Hälften geteilt war. Lohse hatte plötzlich einen Geschmack auf der Zunge, als hätte er an Messing geleckt und etwas erstaunt stellte er fest, dass sich sein Pulsschlag zu erhöhen begann.

Es schien jedoch weniger die bevorstehende Konfrontierung mit Herriegel zu sein, die das bewirkte, als die unmenschliche Sachlichkeit des Raums, der nichts aufwies als zwei Spucknäpfe und eine Reihe unsauberer Hocker. Auch der Geruch war unmenschlich. Am unmenschlichsten aber, fand Lohse, war das von der Decke bis auf den Fußboden reichende Gitter. Ein merkwürdiges, mit heftigem Kopfjucken verbundenes Schamgefühl übermannte ihn plötzlich bei der

Vorstellung, dieses Gitter, sonst zur Einzäunung von Grundstücken gebraucht, diene hier dazu, sogenannte ehrliche Menschen von sogenannten unehrlichen zu trennen. Er spürte, er musste sich abzulenken versuchen, wenn er nicht Gefahr laufen wollte, aus der Rolle zu fallen.

Die übrigen Besucher schienen weniger empfindlich zu sein. Ein paar gingen summend oder leise vor sich hin pfeifend auf und ab, andere standen in kleinen diskutierenden Gruppen beieinander, und einer hatte sich einen Hocker unter die Glühbirne gezogen und las Zeitung.

Jetzt klapperte drüben ein Schlüsselbund, eine Tür wurde aufgestoßen und einer nach dem anderen traten die Gefangenen ein.

Lohse wurden die Handflächen feucht, er hatte die Lippen zusammengepresst und starrte mit dem Gesichtsausdruck eines bockigen Kindes bewegungslos auf einen rostigen Nagel, der hinter dem Gitter aus der gegenüberliegenden Wand ragte.

Lärmen und Lachen erfüllte plötzlich den Raum, dicht drängten sich Besucher und Besuchte ans Gitter, und während diese eine Saloppheit zur Schau trugen, die Lohse ins Herz schnitt, versuchten jene ihre Befangenheit hinter einem krampfhaften Aufgekratztsein zu verbergen.

Lohse hatte sich vorhin bei dem Wunsch ertappt, Herriegel möge krank oder doch wenigstens nicht empfangsfähig sein, und allem Anschein nach schien dieser Wunsch auch in Erfüllung gegangen zu sein, denn eben schloss der Wärter die Tür wieder ab und kam herüber. Er sagte, Herriegel liege im Revier, und Lohse möge sich einen Augenblick gedulden, man werde ihn zu ihm führen.

Lohse war aufgebracht über den wegwerfenden Ton, in dem der Mann von Herriegel sprach. Nur mühsam bezwang er sich, nichts Ausfallendes zu antworten, und als jetzt ein anderer Wärter in einem hellgrauen Drillichanzug laut Lohses Namen rief, vergaß er ganz, sich über diese neuerliche

Inkognitolüftung zu ärgern, so angestrengt versuchte er, den ersten Wärter seine Empörung spüren zu lassen. Aber der Wärter achtete nicht mehr auf ihn, und so blieb Lohse nichts weiter übrig, als seinem neuen Führer zu folgen.

Während sie durch die dämmrigen Gänge schritten, die Treppe hinabstiegen und schließlich wieder auf dem Hof ankamen und zu dem etwas abseits liegenden Reviergebäude hinübergingen, fragte Lohse, den das unbeteiligte Gesicht des Wärters verdross, was Herriegel denn fehle. Was ihm schon fehlen solle, antwortete der Wärter. Lohses Handflächen kribbelten, er kniff die Lippen zusammen und griff sich an die Krawatte.

Doch sein Zorn schlug im Nu in Bestürzung um, als der Wärter jetzt, nachdem sie in den chlorstinkenden Flur des Reviergebäudes getreten waren, eine Tür aufschloss, und Lohse in dem einzigen belegten Bett des Raumes einen Herriegel erkannte, wie er ihn sich nicht einmal vorgestellt haben würde, wenn man ihn gefragt hätte, wie er glaube, dass Herriegel, der jetzt fünfzig war, mit siebzig aussehen würde. Seine Wangen waren eingefallen, ein schmutzig-grauer Bart überzog die kantigen Kiefer, die fahle Stirn wirkte zerbrechlich wie eine japanische Teetasse, und wäre nicht das unstete Zucken der Augenlider gewesen, Lohse hätte geglaubt, am Bett eines Toten zu stehen.

Er hakte seinen Spazierstock in die Eisenrosette am Fußende der Bettstelle ein und beugte sich zu dem Kranken: »Menschenskind, Herriegel!«

Herriegel lächelte schwach und lud ihn mit einer kraftlosen Geste seines abgemagerten Arms – das Handgelenk wies einen Verband auf, registrierte Lohse mechanisch – zum Sitzen ein.

Was denn um alles in der Welt geschehen sei, fragte er heiser und setzte sich auf die äußerste Kante der Bettstelle.

Herriegel hob matt die Arme. Auch das andere Handgelenk, sah Lohse jetzt, war bandagiert. »Sie kamen zwei Minuten zu früh«, sagte Herriegel, und da der Anflug eines Lächelns dabei über sein Gesicht geisterte, verstand Lohse ihn nicht gleich.

Er räusperte sich. »Wer kam zwei Minuten zu früh?«

In diesem Augenblick drehte sich der Wärter um und sagte, sie müssten ein Ende finden, die übrigen Besucher würden eben wieder über den Hof und zum Ausgang geführt.

Aber er sei doch noch nicht mal fünf Minuten hier!, sagte Lohse, der nun doch die Beherrschung verlor.

Das interessiere ihn nicht, antwortete der Wärter; er ging zur Tür und sperrte sie auf: er habe sich an seine Bestimmungen zu halten.

Lohse war weiß geworden; steif stand er auf und griff nach seinem Spazierstock. Die Krücke hatte sich in den Arabesken der Eisenrosette verfangen, Lohse brauchte fast eine halbe Minute, ehe er sie herausgelöst hatte. Er wagte nicht, eine von Herriegels zerbrechlichen Händen zu berühren; so beugte er sich, die Ellenbogen eng an den Leib gepresst, nur unbeholfen zu ihm herab und sagte heiser, er werde am nächsten Sonntag wiederkommen.

Herriegel schien ihn nicht verstanden zu haben, er sah an ihm vorbei und bedankte sich murmelnd, dass er gekommen sei. Lohse wollte noch etwas antworten, aber das ungeduldige Räuspern des Wärters verschlug ihm die Stimme. Er richtete sich auf und ging mit summenden Schläfen zur Tür.

Er war nicht der Letzte; als er sich etwas abseits von der Besucherschar an die Wand lehnte und sich den Schweiß von der Stirn tupfte, sah er noch eine weitere Gruppe, von einigen Wärtern eskortiert über den Hof kommen. Diese schien nun allerdings die letzte zu sein, denn der Pförtner klapperte bereits unfreundlich mit dem Schlüsselbund. In der Mitte des Hofes blieben die Wärter stehen und warteten, bis sich die Gruppe mit der am Haupttor vereinigt hatte, dann verschwanden sie hinter dem Hauptgebäude, der Pförtner schloss das Tor auf, und die Besucher drängten hinaus.

Lohse wollte die anderen erst vorlassen und starrte mit brennenden Augen über den Hof. Da sah er plötzlich: über die scherbengespickte Innenmauer, die die Schwere Abteilung vom Wirtschaftshof trennte, griffen zwei Hände hinweg, ein kahlgeschorener Kopf wurde sichtbar, ein drillichbekleideter Oberkörper, ein Bein, und dann stieß sich der Sträfling ab und landete in Hockstellung auf dem rissigen Pflaster des Wirtschaftshofs.

Sekundenlang verharrte der Mann wie ein Sprinter am Startloch; dann schoss er heran; zwei, drei rudernde Armschläge, und er hatte den Schwarm der Hinausdrängenden durchbrochen. Unmittelbar darauf begannen die Alarmsirenen zu heulen, und Lohse sah, wie in die Besucher draußen Bewegung kam; es war, als höbe sich eine Welle auf und spüle sie dem Fliehenden nach; eine Bewegung, die auch auf Lohse eine magische Anziehungskraft ausübte; und ehe er sich noch hätte Rechenschaft geben können, was in ihm vorging, hatte der Sog ihn erfasst und durch das Tor auf die Straße geschwemmt, wo er sich blindlings in den Strom der Verfolger warf und, getragen vom keuchenden Atem der Masse, gestoßen von ihren Schreien, gejagt vom Trappeln der Schritte, bis zur Besinnungslosigkeit angefeuert vom Lärm der Sirenen, immer mehr Verfolger überholte, immer mehr abhängte und schließlich hechelnd, aber einen irren Triumph in der Kehle, bis in die Spitzentruppe hinein vorstieß.

Lohse hatte nie gewusst, dass er mit seinen vierundvierzig Jahren noch ein so guter Läufer war, er hatte sich immer für einen unsportlichen Typ gehalten; aber nun stellte es sich heraus, dass er selbst den Läufern der Spitzengruppe noch überlegen war. Schon führte er sie an, jetzt hängte er sie ab, und nun mischte sich immer deutlicher in das dumpfer werdende Getrappel im Rücken ein neues, weitaus erregenderes Geräusch: das stoßweise Keuchen des Fliehenden.

Immer näher kommt Lohse ihm, immer härter arbeitet er sich an ihn heran. Sein Gesicht glüht, sein Atem pfeift, die Krawatte knattert ihm um die Ohren, er schwingt seinen Stock, jetzt stößt er einen heiseren, unartikulierten Schrei aus, der Griff des Spazierstocks fährt dem Fliehenden zwischen die Beine, Lohse spürt einen Riss in der Schulter, der Fliehende stürzt, Lohse mit, Lohses Kopf schlägt auf einen Stein, einen Augenblick wird es dunkel um ihn, dann kommen Schritte, ein Motor heult auf, Stimmen sind da, Lohse spürt, man hebt ihn auf, er blinzelt: er sieht sich um.

Er stand auf dem Feld. Vor ihm hob sich träge ein Krähenschwarm auf. Zum Gefängnis hin wimmelte es von Menschen, auch die Straße war voll von ihnen: Wächter, Polizisten, Gefängnisbesucher. Die Straße, sah Lohse jetzt, war mit abgestorbenen Ulmen bestanden. Dort, wo der Fliehende von ihr abgebogen war, lag ein Motorrad in den Brennnesseln, sein Vorderrad drehte sich noch. Der Gefängnisarzt und der Direktor mussten mit ihm gekommen sein; sie waren die Einzigen unter den Umstehenden, die nicht außer Atem waren. Der Gefängnisarzt hatte sein Stethoskop in den Ohren, er kniete neben dem Sträfling und hatte ruheheischend die Hand erhoben.

Der Sträfling lag auf dem Bauch; seine Arme waren blutig, er musste sie sich beim Überklettern der Mauer verletzt haben. Neben den beiden stand der Direktor. Lohse, der alles um sich her mit fotografischer Genauigkeit aufnahm, glaubte jedenfalls, dass es der Direktor sein müsse. Es war ein kleiner, grauhaariger Mann mit nervös zuckenden Brauen und einem empfindsamen Mund, er rieb seine Brille blank und sah dabei blinzelnd auf den Gefängnisarzt nieder.

Lohse merkte erst jetzt, dass zwei Wärter ihn stützten; er machte sich los; aber er fühlte sich so ausgehöhlt, dass er zu schwanken begann. Darauf griffen ihm die Wärter abermals unter die Arme. Diesmal ließ Lohse es zu; er hielt den Atem an und sah starr auf den Rücken des Arztes. Es war ein breiter, verlässlicher Rücken; Lohse dachte, dass man Vertrauen zu ihm haben könne. Da hob der Arzt seinen Kopf. »Herzschlag«, sagte er achselzuckend.

(1950)

*

Das Staatswesen

Tief unter dem Rathaus, eingehauen in Fels und am Schnittpunkt der dort aus allen Teilen der Stadt sternförmig zusammenlaufenden Katakomben, durch die jetzt die Abwässer strömen, durch die aber auch, stehend auf ihren Ziegenfellflößen die Ratsgreise sich in die Dunkelheit staken, weil sie es hassen, bei Lichte gesehen zu werden, befindet sich, versehen mit Käfigstreben, so dick, dass keine Detonation sie einreißen könnte, verschlossen mit Riegeln, so schwer, dass kein Hammerschlag sie aufzuzwingen vermöchte, ein dunkles Gelass. Hier wird an einer Kette, deren Klirren sich mittags ins Flüstern der Ratsherren mischt, die zehn Meter höher im butzenscheibengefilterten Sonnenlicht die Geschicke der Stadt diskutieren, ein seltsames Wesen gehalten.

Stumpffüßig ist es, sein Bauch hat Walzenformat, sein Haupt ist das einen Nilpferds, dem das Krokodil die Reißzähne lieh; die Augen haben keine Pupillen, die Ohren sind Krater: muschellos, trichterhaft zielen sie ins Innre des Hirns, in dessen moosigen Gängen, vom Bersten stürzender Throne bis zum Gewehrschuss, jeglicher Laut aufbewahrt wird, der jemals die Stadt in Unruhe versetzte. Alt ist das Wesen, uralt; sein Antlitz ist rissig, zernarbt seine Haut, und annehmen kann man, es hat auch dereinst die Straßen beschritten, denn überall ist dem Asphalt seine Spur aufgeprägt, obwohl heute niemand die Abdrücke mehr derart zu deuten versteht. Vielmehr, Schlaglöcher heißt man sie jetzt und füllt sie mit Steinen; doch werden die Steine verrotten, die Spur aber bleibt.

Und unausrottbar bleibt in seinem Gelass auch das Wesen; werfen die Greise des Rats ihm doch täglich die Herzen derer durchs Gitter, die Hand an sich legten, weil der Stahlschuh des Staates sie in den Staub niedertrat. Feist und unsterblich ist das Staatswesen durch diese Nahrung geworden, und feister noch und immuner wird die Zukunft es machen. Vielleicht auch, dass es dann wieder, gelöst von der Kette und verehrt und heiliggesprochen, die Straßen durchzieht und sich, überdrüssig der saftlosen Selbstmörderherzen, vom blühenden Fleisch unserer Kinder ernährt.

Eine Hinrichtung

Ich hocke mit einigen anderen Männern zusammen auf der Gefängnismauer und lasse die Beine gegen den bröckelnden Putzbewurf baumeln. Gut, dass ich an ein Kissen gedacht habe, es sind Scherben einzementiert in die Kappe der Mauer, ohne eine Unterlage hielte man es hier oben nicht aus. Es ist noch früh; von den Schutthalden wehen Krähengekrächz und der Geruch taunasser Asche herüber. Auch die Gefangenen sind schon wach, man sieht sie im Dunkel der Zellen neugierig die fahlen Stirnen gegen die Streben des Kreuzgitters pressen. Ihnen wie uns wird heute ein seltenes Schauspiel zuteil: Der Herzog hat sich, auf Drängen des Rates, entschlossen, die Zeit hinrichten zu lassen. Wie es in der Verlautbarung heißt, hat sie ihr angebliches Versprechen, nicht fliehen zu wollen, gebrochen, und wäre der Kerkermeister bestechlich gewesen, so hätte die Zukunft, mit deren Unterstützung die Zeit sich zu rächen gedachte, der Stadt schon am heutigen Tage unermessliches Unheil gebracht.

Mag daran wahr sein, was will; feststeht, nun hat der Rat sich Lügen gestraft und offen zugeben müssen, was der rechtschaffen gesonnene Teil der Bürgerschaft ihm schon seit je zum Vorwurf gemacht hat, nämlich sich der Zeit gewaltsam bemächtigt und sie unter Strafandrohung gefangen gehalten zu haben. Ob nun endlich auch die Uneinsichtigen unter den Bürgern zu begreifen beginnen, woran es liegt, dass wir ins Mittelalter zurückfallen mussten? Wie mag die Zeit in den Folterverliesen gequält worden sein, ehe sie sich, gewiss mehr schleppend als gehend, bereitfand, der Vergangenheit eine Strecke von so vielen hundert Jahren entgegenzukommen. Aber es hätten sich mehr Bürger eingefunden, wenn mehr es begriffen hätten. Doch was sagt schon begreifen. Wer ist die Zeit denn? Selbst wir, die wir die Gefängnismauer eher wie Schmeißfliegen, denn als Leittragende säumen, haben sie ja noch nie zu Gesicht bekommen. Es heißt, sie soll Flügel haben; aber das versteht sich ja schließlich von selbst. Der Gefängnishof ist immer noch leer. Doch die Blutrinne, die vom Beilgerüst zur Kloake hinführt, ist bereits mit frischem Chlor ausgefüllt, und an der Schneide des Beils sind benzinfunkelnde Wischspuren haften geblieben: man hat vorgesorgt. Ein unlustiger Trommelwirbel ertönt jetzt fern auf einem der langhin hallenden Gänge im Inneren des Baues. Die Gefangenen lösen sich von den Gittern; es sind Klopfzeichen zu hören; die Eingeschlossenen spähen nun wohl durch die Spione. Da geht im Wirtschaftsgebäude die Tür zur Wohnung des Scharfrichters auf; er reckt gähnend die blautätowierten Arme ins Licht; sein Nackenmuskel schwillt an, als säße ihm eine Schlange im Hals; darauf pfeift er seinen Gesellen und geht mit wiegenden Schritten zum Hochgerüst hin.

Der Trommelwirbel ist nähergekommen, es mischt sich schon das Psalmodieren des Geistlichen drein. Nun kehren die Gefangenen wieder an die Fenstergitter zurück, sie scheinen nicht sonderlich unruhig zu sein; sie haben ja auch die Zeit schon gesehen. Obwohl, man sollte meinen, dass es sie unglücklich machte zu wissen, es gibt die Zeit in Kürze nicht mehr. Aber sie messen Hinrichtungen eben zuletzt auch nur Ablenkungswert bei; ihre Kameraderie, die sich eben noch in empörten Klopfzeichen Luft gemacht hat, an der Schwelle des Todes wird sie störrisch und bockt: ein grau gewordener Esel, der den verhassten Kerker des Stalles plötzlich als Heimstatt der Freiheit empfindet. Der Trommelwirbel bricht ab; sekundenlang steigt nur die Singstimme des Geistlichen auf; nun schweigt auch sie, das Haupttor schwingt auf, die Bürger ringsum recken den Hals und, angeführt vom Präfekten, betritt das Todeskommando den Hof.

Die Zeit überragt alle; sie ist ein gewaltiger Hahn, dessen Gefieder so stählern erglänzt, dass es die Morgensonnenreflexe zu Lanzen umschmiedet, vor denen es sinnlos wird, die Lider zu schließen, sie durchbohren sie doch. Es ist ein stolzer Hahn; sichtbar geschunden, aber ungebrochen schreitet er zwischen den zwergenhaft wirkenden Schergen einher. Der Geistliche hebt beschwörend das Kreuz vor ihm auf, doch er reicht dem Hahn ja noch nicht einmal bis an die Schulter mit ihm; und auch wenn er es höher zu halten vermöchte, es erübrigt sich: die Augen des Hahns sind starr nach außen gestellt, er kann nicht erkennen, was vor ihm geschieht. Vom armkreuzenden Henker belächelt, lässt der Präfekt jetzt Gleichschritt aufnehmen; der Rhythmus des prasselnden Schrittes reißt mit, den Bürgern auf der Mauer ringsum zucken die Beine im Takt, und jetzt schallt ein heiseres »Halt!« über den Gefängnishof hin, und hart vor dem Podest bleibt der Todestrupp stehen.

Gelassen stoßen die Gesellen sich vom Beilgerüst ab; der Henker speit seinen Priem in den Staub und nimmt gelangweilt den Auftrag entgegen, den der Präfekt ihm von seiner Pergamentrolle verliest. Der Hahn steht da wie in Eisen gegossen, keine Feder bewegt sich an ihm; seinem gelblichen Blick ist eine kalte Glut eingesprengt, die verletzt, ohne wehe zu tun: man fühlt sich bedrückt, doch es ist Unbehagen, nicht Mitgefühl, was einen befällt. Zwei der Gesellen greifen ihm nun ins Gefieder; mit einem Schrei ziehen sie die Hände wieder zurück, sie haben sie sich blutig geschnitten. Doch der Henker weiß sich in solchen Fällen zu helfen. Er nimmt eine Kette auf, lässt die stahlkugelbeschwerte propellernd über sich kreisen, die Kugel jagt dem Hahn um den Hals, zerrt die Kette hinter sich her, und der Henker zieht den flügelschlagenden Delinquenten herauf.

Ob er denn nicht wenigstens sein Verhalten bereue, fragt der Geistliche ihn. Der Hahn schweigt; er schüttelt sich, und die Stahlkugel pendelt an der Kette zurück und fällt klirrend vor dem Henker zu Boden. Dem schwillt die Stirnader an. Der Geistliche hebt abwehrend die Hand. »Und keinen Wunsch?« Einen Augenblick lang hat es den Anschein, als wolle der lappig herabhängende Kamm des Hahns sich aufzurichten versuchen; doch es ist wohl der Druck des stärker pulsenden Blutes gewesen, der ihn bewegte; er steht nun wieder regungslos da, den Blick starr zu uns her auf die Mauer gerichtet. Schulterzuckend tritt der Priester beiseite, und der Präfekt, schon ungeduldig auf seinem ergrauten Bartzipfeln kauernd, kann das Vollzugszeichen geben. Er hat den Degen noch nicht einmal wieder in die Scheide gesenkt, da bricht der Hahn, von den Nagelschuhtritten des Henkers in den Beinen getroffen, zusammen und stürzt mit vorgestrecktem Hals, doch ohne dass ein Lidfall die Augen aus ihrer Starrheit erlöst, auf den Block. Es ist nicht nötig, ihn festzuschnallen, er liegt da wie in Trance.

Die Gefangenen umklammern erregt ihre Gitter; dämmert es ihnen, dass nun, da die Zeit umgebracht wird, keine Möglichkeit mehr für sie besteht, wieder in Freiheit zu kommen? Nein; es ist nur die Erregung über dieses außergewöhnliche Schauspiel, was sie gepackt hat, man erkennt es an ihren selbstvergessen geöffneten Mündern. Und jetzt ist es so weit; die Gesellen knoten den Strick los, der das Fallbeil in der Schwebe beließ, und reichen das Seilende dem Henker hinüber. Der lässt das Beil sich erst ein paarmal hoch- und niederbewegen, die Sonne spiegelt sich nun in ihrer ganzen Fülle in ihm, und jetzt verwandelt ihr Spiegelbild sich in einem jäh herabzuckenden Blitz, und der Kopf des Hahns rollt in den bereitgestellten Sägemehlkasten. Doch da schlägt der konvulsivisch zuckende Rumpf plötzlich die Flügel zusammen, der Henker sinkt, von einem der stahlrutenhaft sausenden Schwingenhiebe getroffen, mit einer klaffenden Schläfenwunde zu Boden, der Rumpf hebt sich auf, zu spät springen die Gesellen herzu, zu spät reißt der Präfekt die Pistole aus dem Halfter, der Geistliche das Kreuz von der Kette: dort steigt der Hahn, eine Federrakete, kopflos, steil, kleiner und kleiner werdend, hinauf in den Morgen und verschwindet im Glast.

Was wartet man noch? Er stürzt nicht hernieder; jedenfalls nicht mehr als Hahn. Die Zukunft wird ihn lehren, blicklos zu sehen, kopflos zu krähen und fliegend zu ruhen; es wird unsinnig sein, ihm in unseren Träumen noch Körner zu streuen; womit soll er sie essen? Sein Kopf liegt im Sägemehlkasten, er knappt mit dem Schnabel, der Kamm ist geschwollen vor nie endendem Zorn.

Der neue Heilige

Sicher hat man schon hin und wieder einmal mit Staunen und stiller Bewunderung von Säulenheiligen Kunde erhalten, frommen Männern, deren irdischer Anspruch zu wandeln derart gering war, dass ihnen als Daseinspodest der Stumpf einer Säule genügte. Seit Kurzem nun darf auch die Stadt von sich sagen, dass ein Heiliger sie für würdig befand, in ihren Mauern einen säulenartigen Gegenstand zu erklettern, von dessen winzig bemessener Plattform herab der fromme Asket jetzt teils lächelt, teils betet; und betroffen stellt die Bürgerschaft fest, sie hat von der Heiligkeit dieses, ihr nämlich durchaus nicht ganz unbekannt gebliebenen Mannes praktisch so viel wie gar keine Ahnung gehabt.

Jawohl, es kennt diesen Säulenheiligen jeder; besonders die jüngeren Jahrgänge erinnern sich seiner genau. Sie sehen ihn noch, wie er mit schwingenden Schritten und flatternder Kutte, Bart und Kruzifix zum Himmel gereckt, die Exerzierplätze weihte, Waffen und Fahnen segnete mit freigebiger Hand und milde und eindringlich lehrte, es sei das Gebot, man solle nicht töten, kein Freibrief für Feige, sondern so zu verstehen, dass es sich einzig auf das zu niedrig motivierte Töten beziehe; dem Vaterlande zu Ehren komme Töten vielmehr einer Heldentat gleich.

Mochten damals noch immer gewisse Einwände gegen jene Gebotsauslegung vorstellbar sein, nun, da unser Kasernenprediger zum Säulenheiligen avancierte, hat selbst der bislang bedenklichste Bürger seinen Bedenken den Laufpass gegeben. Und wahrlich, ein imponierendes Bild bietet sich einem, betritt man, vom Rathaus herkommend, den ständig von einer halssteif gaffenden Menge bevölkerten Markt. Eine schmale, schier kirchturmhohe Rakete ragt dort silberhäutig empor, und presst man die Augen zusammen, kann man auf dem Brettersteig, der sie hoch oben umläuft, auch ein Stück der flatternden Kutte und die gelassen herabbaumelnden Beine unseres neuen Säulenheiligen sehen.

Das Los unserer Stadt

Ingenieure haben bei Befestigungsarbeiten am Rande der Stadt eine furchtbare Entdeckung gemacht. Sie sprengten eben einen die Zufahrtsstraße bedrohenden Felsen vom Berg, als sich unterhalb der Gesteinswunde ein ungeheueres Auge auftat. Zugleich wurden in allen Teilen der Stadt machtvolle Erdstöße verspürt, und seit Stunden schon hallt aus den Rissen im Pflaster ein pumpendes Pochen herauf, als sei im Erdschoß eine Höllenmaschine verborgen. Inzwischen ist die schlimmste aller Befürchtungen Wahrheit geworden: Unsere Stadt wurde auf der Brust eines schlafenden Riesen erbaut; nun haben die Ingenieure ihm eine Braue gesprengt, und er beginnt zu erwachen.

Es sind bereits zahlreiche Kommissionen ernannt worden, die den Auftrag erhielten, das Ohr des Riesen zu finden, um ihm den Wunsch vorzutragen, er möge die Gewogenheit haben, doch noch einige Zeit liegen zu bleiben; und die Ingenieure haben vor seinem Auge ein großes Schild angebracht, auf dem sie sich dafür entschuldigen, dass er verletzt worden sei. Er scheint jedoch nicht unsere Sprache zu sprechen; sein Auge blickt starr durch die Inschrift des Schildes hindurch; und auch sein Ohr hat bisher noch keine der Kommissionen entdeckt. So wird nun die Stadt wohl in Kürze vergehen und als bröckelnder Sandstaub an den Gliedern des Riesen herabwehen.

Eine verlässliche Reparatur

Jetzt komme noch einer und sage, es sei der Rat nicht zuinnerst vom Wunsche durchdrungen, die Bürgerschaft von Grund auf in Ruhe zu betten. Oder kann ein Staatsgebilde vielleicht selbstloser handeln, als die zum Unterhalte der Truppen vereinnahmten Gelder spontan an Straßenbaufirmen weiterzuleiten? Lässt sich Vertraueneinflößenderes denken, als unsere Staatsgreise (denen die Grellheit der Gassen bisher doch ein Gräuel war) nun plötzlich, gefolgt von ehrfurchtsvoll auf Zehen schleichenden Massen, mit den Elfenbeingriffen ihrer Stöcke die neue verputzten Häuser abklopfen, sich ächzend auf das Pflaster hinknien und lauschend und angehaltenen Atems das haarige Ohr zu den frisch asphaltierten Rissen hinabbeugen zu sehen? Oder ist es etwa schon einmal geschehen, dass Ratsmitglieder, wie jüngst, sich in die Häuser begeben, besänftigend auf die Frauen einreden, die Kinder mit Zinnsoldaten beschenken und den Männern selbst dann noch Zigaretten aufdrängen, wenn jene beunruhigt erklären, sie rauchten gar keine?

Ach, die Güte des Staates ist grenzenlos, wird seine Macht in Grenzen verwiesen. In was für Grenzen denn aber? Ist die Stadt vielleicht jemals *un*versehrter gewesen? Abgründe –? Pochen –? Gefahr –? Es will doch wohl niemand ernsthaft behaupten, die Verlässlichkeit der neu gesetzten Pflastersteine, auf denen wir schreiten, sei von irgendetwas dort unten bedroht. Nein, niemand will es; und wie käme auch einer dazu; schließlich, unsere Staatsgreise haben die exakt vermauerten Risse ja selber geprüft: Glatt sind die Straßen, eben die Plätze; nicht der mindeste Laut dringt von unten empor. Und wie denn auch anders; nur an die zuverlässigsten Firmen ward ja der Auftrag vergeben, jene Erdbebenspuren zu tilgen.

Ganz recht, ein Erdbeben war es, und noch nicht mal ein starkes, ein Zittern eigentlich mehr. Denn stürzte ein Haus ein; ging jemand zugrunde? Nein, unsere Häuser stehen noch alle, und wir leben so unbeschwert wie seit je. Wirklich nur ein Beben war es, jawohl. Gut einprägen muss man sich diesen Befehl; nämlich wagte jemand, zum Beispiel von einem aufgegangenen Auge im Felsen zu reden, man hieße ihn Staatsfeind, und er wäre des Todes. Doch wie sollte einer solchen Gedanken auch haben; es ist ja gar nichts an jenem Felsen zu sehen. Lediglich ein hoher teerschwarzer Bretterzaun, der entfernt an eine riesige Augenklappe erinnert, bedeckt dort unter einem Quarzwulst den Stein.

Der gerade Weg

So kann es nicht weitergehen; und wenn sie hundertmal wegsieht, tausendmal die Ohren sich zuhält, es muss ihr gesagt werden, was droht, gezeigt werden, was kommt, sie muss sich schützen davor; es genügt nicht, gepanzert zu sein, im Gegenteil, Verhärtung macht es nur schlimmer; nachgiebig muss sie sein, schmiegsam, sich auf ihr Katzenrückgrat besinnen, auf ihre tränenwassergefüllten Lehmgrubenwangen, auf das schlickseufzende Standbeinwechseln der Häuser. Nicht dem Himmel, der hoch ist und schweigt, sind Opfer zu bringen; Opfer gebracht zu werden verdient im Dunkel der Keller den Pilzen, den eiligen Asseln mit dem falben, dem tödlichen Gift an den Beinen, das sie fortzuschaffen beginnen, verteilen auf Order der Majestäten des Schlammes; der phosphoräugigen Ratten, die der Herrschaftsanspruch des Gases, des elektrischen Lichts, des ungebärdigen Geistes schon lange erbittert, die es satthaben, uns weißhäutig und lächelnd zu sehen, indes uns zu Füßen die Abwässer quellen.

Abplatzen soll er, der Putz von den Wänden der steinernen Stirnen, rissig soll werden, was glatt ist und strahlt; zu lange sind die Mauern ohne Zeichen geblieben, nun kommen Zeichen und Bedeutung zugleich. Die Krankheit gärt in den Keimen; ist sie fertig verteilt, breiten wir selber sie aus. Haften wird sie uns an den Fersen, verdecken wird sie uns Sonne und Mond, erdrücken wird sie die Dächer, die Decken, dass unsere Träume sich ducken wie die Hennen, auf die funkelnd der Fieberhahn springt. Soll erst der Alb aus der Eischale steigen? Nein; so weit darf es nicht kommen; die Stadt muss wissen, was sie erwartet; Altäre muss sie errichten, Rauchopfer bringen, verbrennen den Hochmut, der die Ratten verdross; das Kellerdunkel muss leuchten, die Pilzschar erblassen, die Assel verglühen vor Scham.

Quer durch die Höfe, quer durch die Häuser, unausweichlich der Stadt in die Herzgegend zielend, bin ich unterwegs und bemüht, ihr Gewissen zu finden. Hineinrufen will ich so lange, bis ihm die Venenkanäle erzittern und es das träge gewordene Blut hinauf unter die kopfsteingepflasterte Hirnschale pumpt, wo es bestimmt seinem stampfenden Echo gelingt, die Stadt zur Besinnung zu bringen. Hammer habe ich mit und Meißel, Spitzhacke und Zündschnur, Brechstange und Pulver; denn kein Bittgang wird dies, kein Ausflug; keinen Glockenklöppel werde ich schlagen, keinen Klopffinger krümmen; auf dem Weg ins Verantwortungszentrum der Stadt ist Rücksichtnahme verfehlt. Aufreißen will ich die Türen, durchbrechen die Mauern, umlegen die Zäune: ebenso geradlinig, wie ich meinem eigenen Gewissen befehle zu sein, sei auch mein Weg zum Gewissen der Stadt.

Doch *noch* sind mir die Bürger behilflich; ihre Türen stehen schon auf, wenn ich komme, Schrank und Bett sind beiseite geräumt, und angetan mit ihren Feiertagskleidern, bilden die Bewohner Spalier zum gegenüberliegenden Fenster hinüber, durch das ich, mit Proviant und nachgemurmelten Segenswünschen versehen, wieder hinaus auf den Hof klettern muss, wo auch die Kinder sogleich Malkreide und Glaskugeln hinfallen lassen und herbeigerannt kommen, die Spitzhacke küssen und an der Mauer mir Durchlässe weisen, sodass ich (obwohl dieses ständigen Entgegenkommens auch überdrüssig allmählich) es mir immer wieder ersparen kann, Löcher zu hacken und Lunten zu legen.

Tief im verworrensten Innern der Stadt bin ich jetzt. Hakennäsige Speicher blicken aus argwöhnisch geweiteten Lukenaugen auf mich herab; über zickzackgewinkelte Gassen hinweg werden hohlbrüstige Fachwerkhäuser durch wäschetriefende Hanfseile zusammengehalten; von feisten Wolkenhintern durchgesessene Firstbalken ächzen; verdorrte Geranienhälse baumeln über starre Blumentopfkragen; bleiumrandete Butzenglasbrillen versuchen augenlos, gleichwohl schattenbewimpert, auf den rußgeschwärzten Brandmauertafeln die Vergänglichkeitshieroglyphen emporgewucherter Schimmelflechten zu lesen, und die atembeengend ineinander verschränkten Hofscheidewände weisen mit stumpfen Teppichstangenprothesen wehleidig auf ihre schorfbedeckten Verwundungen hin.

Langsam fängt die Zuvorkommenheit der Bürger jetzt an zu erlahmen; wohl erheben sie sich, trete ich ernst und grußlos, die Spitzhacke geschultert, die Zündschnur am Gürtel, zu ihnen hinein, noch von den Tischen, den Lagern; doch die Gesten, mit denen sie auf die Türen, die Fenster hinweisen, durch welche ich mein Ziel dann auch unbeirrbar weiterverfolge, sie sind beschwert schon von Unlust. Aber nichts könnte mir klarer die Richtigkeit meines Weges bestätigen; nur außerhalb der Peripherie des Stadtgewissens ist Verlass auf die Bürger; überschreitet man jene vage genug verlaufende Grenze aufs Innere zu, lässt in gleichem Maße, wie man sich vorwärtsbewegt, die Gefälligkeit nach, und wo gar der Gleichmut beginnt, da kann man sicher sein, auch bald das Gewissen zu finden.

In eine Schusterwerkstatt trete ich nun; zielstrebig bahne ich mir über die Lederreste hin meinen Weg. Der Schuster beachtet mich nicht, er ist ganz ins Vergolden der Spitze des Schnabelschuhes vertieft, den er zwischen seine pechfleckigen Knie geklemmt hat. Die Wand, durch die ich hindurchmuss, hat weder Fenster noch Türe; also zur Hacke gegriffen; und weit ausholend schlage ich zu. Was ich mit dem Hacken bezwecke, fragt der Schuster über die Schulter. Ich antworte nicht; reden lenkt jetzt nur ab. Doch er scheint auch gar keine Antwort haben zu wollen, er taucht schon wieder den Pinsel ins Gold und hat den stoppelumwucherten Mund zu einem lautlosen Pfeifen geschürzt.

Schnell ist die Hauswand durchbrochen; die Hofmauer draußen erweist sich jedoch als zu dick, hier ist nur mit Pulver weiterzukommen. Und ich speie mir in die Hände, setze den Meißel auf einer mörtelgefüllten Nahtstelle an und beginne, die Öffnung für die Patrone zu hämmern. Kinder kommen mit schleifenden Puppen und sehen mir zu; auch sie sind verwandelt, und es ist gut so; ich will jetzt keine Gefälligkeit mehr; mag diese Mauer einen Durchschlupf haben, wo immer sie will, mein Weg zum Gewissen der Stadt soll mir nun endlich Mühe zu machen beginnen.

Jetzt passt die Patrone in die Öffnung hinein. Ich schließe die Zündschnur an, schicke die Kinder fort und hocke mich hinter einem der Müllkästen nieder. Gierig springt die Flamme vom Zündholz auf die Lunte hinüber und rast sie prasselnd entlang. Dann kracht es; und noch während ringsum Steinsplitter fallen, richte ich mich empor, um durch die Mauerlücke hindurch die nächste Mauer abzutaxieren; von nun an nämlich wird mein hinter mir bleibender Weg gekennzeichnet sein. Doch es ist keine Mauer zu sehen, auch keine Gasse, kein Haus; nur rostroter Sand und welke Hederichfelder breiten sich meilenweit aus –: die Steppe.

(1959)

*

Editorische Notiz

Schnurre – Drei Erzählweisen

»Der Leser ist meine Hoffnung. Ohne ihn bin ich verloren. Gelesen bin ich gerettet.«

Mit diesem Satz im Ohr haben die Herausgeber beschlossen, zwanzig Jahre nach dem Tod des Autors, Mitbegründers der Gruppe 47 und Büchner-Preisträgers, Autor so beeindruckender Bücher wie »Der Schattenfotograf«, »Ein Unglücksfall«, »Ohne Einsatz kein Spiel«, »Kassiber und neue Gedichte«, »Ich brauch Dich« u.s.w. einige seiner wichtigsten Erzählungen wieder herauszugeben.

1. Schnurre – der Nachkriegsautor

Da sind die ersten Kurzgeschichten. Der Krieg hat aus ihnen alle Adjektive und jeden persönlichen Namen herausgehauen. Im Stakkatoton erzählt der vom Krieg geschockte Autor aus dem Leben von Menschen bei Kriegsende, von Fluchten oder dem Begräbnis Gottes. Von einer Welt, über der Trümmerstaub liegt nach dem großen Zusammenbruch. Auf der Suche nach unverbrauchten Sätzen, jenseits der von den Nazis missbrauchten Sprache, erzählt der Autor nüchtern, realistisch, jedes Pathos meidend, kurz und kompakt.

2. Schnurre – der Autor des Alltags

Erzähler hintergründiger Geschichten von Menschen in der Großstadt. Vom Arbeiter Dubielzek, der es, trotz seiner Entschlossenheit dann doch nicht schafft, Hitler zu erschießen. Von Tobias, Trude, Pit und Güssel. Von der langsam wachsenden Freundschaft zwischen dem Jungen Bruno und dem behinderten Adam und dessen brutalem Abtransport. Vom Sieg einer Schafherde über einen General.

Vom Gang durch das morgendliche Berlin-Weißensee mit seinen Gerüchen aus Kohlenkellern, dem Kreischen der Mauersegler, dem Läuten der Ladenglocke, der Stille überm See, während die Rohrdommel ruft.

3. Schnurre – der Berichterstatter

Die witzige, tiefgründige, kulturkritische Chronik einer verborgenen Stadt, die auf keinem Atlas zu finden und die doch unsere Stadt ist. Obwohl ihre Bewohner ins Mittelalter zurückgefallen scheinen, sind sie uns sehr vertraut mit ihren Problemen, Alltagsgeschäften, Verdrängungen, Verblendungen und Ängsten.

Das »Los unserer Stadt« – eine phantasievoll-ironische Bestandsaufnahme unserer Gesellschaft und eine hellsichtige Zukunftsvision.

Der Leser mag sich fragen, warum dieser Erzählband gerade im Paranus Verlag und nicht wie die Bücher »Als Vaters Bart noch rot war« und »Als Vater sich den Bart abnahm« im Berlin Verlag oder wie seine Kinderbücher im Aufbau Verlag erscheint.

Schnurre war beeindruckt von der Arbeit »Der Brücke« in Neumünster und deren Verlag. Er unterstützte sie und schrieb häufig in der Zeitschrift »Brückenschlag«.

Es war den Herausgebern wichtig, mit dieser Auswahl von Kurzgeschichten aus Schnurres umfangreichem Schaffen diese Zusammenarbeit in seinem Namen fortzuführen.

Wir sind sicher, dass er auf einer Wolke sitzt und sich darüber freut.

Marina Schnurre
Fritz Bremer

Wolfdietrich Schnurre

Leben und Werk

1920	Am 22. August in Frankfurt am Main geboren. Vater Naturwissenschaftler.
1928	Übersiedlung nach Berlin.
1928–1933	Sozialistische Volksschule. Entscheidende Kindheitseindrücke: Tiere, Natur, politische Unruhen. Verhaftung der Lehrkräfte, Schulstreik, Versuch politischer Gleichschaltung des Schulbetriebs.
1935–1938	Humanistisches Gymnasium. Antifaschistische Lehrer. Entscheidendes Jugenderlebnis: Zerstörung und Plünderung jüdischer Geschäfte und Brand der Synagogen am 9. und 10. November 1938.
1938	Arbeitsdienst.
1939–1945	Unfreiwillig Soldat. Mehrfach inhaftiert; Grund: »Defätismus«. Missglückter Desertionsversuch; Strafkompanie.
April 1945	Erneute Desertion. Flucht nach Westfalen. Landarbeit, Zeitungsverkäufer.
Herbst 1945	Rückkehr nach Berlin (Ost). Erste Erzählungen.
1946	Redaktionsvolontär bei Ullstein. Erzählungen. Mitarbeit an den Zeitschriften: »Horizont«, »Athena«, »Der Ruf«, »Ja«. »Kassiber«-Gedichte.
1947	Mitbegründer der »Gruppe 47«; Eröffnung ihrer ersten Tagung mit der Erzählung »Das Begräbnis«.
1948	Verbot des Kulturoffiziers der sowjetischen Besatzungsmacht, für westlich lizensierte Blätter zu schreiben: Übersiedlung von Ost- nach Westberlin. Bis Einstellung ihres Erscheinens regelmäßige Mitarbeit am Feuilleton der amerikanisch lizensierten »Neuen Zeitung«. Feste Mitarbeit an der »Welt« als Theaterkritiker, am »Neuen Film« und an der »Welt am Sonntag« als Filmkritiker. »Man sollte dagegen sein«, Hörspiel.

1950	Lösung aller festen Schreibverpflichtungen.
Ab 1950	Freie Mitarbeit für zahlreiche Zeitungen und Zeitschriften und an den westdeutschen Funkanstalten.
1951	»Die Rohrdommel ruft jeden Tag«; Erzählungen. »Rettung des Deutschen Films«, Essay. »Stimmen über dem Fluss«, Hörspiel.
1952	»Das Haus am See«, Hörspiel. Heirat mit Eva Mertz.
1953	»Sternstaub und Sänfte«, »Aus dem Tagebuch des Pudels Ali«.
1954	»Nächtliche Begegnung«, Hörspiel.
1955	»Die Reise zur Babuschka«, Hörspiel.
1956	»Kassiber«, Gedichte.
1957	»Abendländer«, satirische Gedichte. »Protest im Parterre«, Fabeln. »Spreezimmer möbliert«, Hörspiel. »Ein Fall für Herrn Schmidt«, Hörspiel.
1958	»Als Vaters Bart noch rot war«, Roman in Geschichten. »Eine Rechnung, die nicht aufgeht«, Erzählungen. »Anaximanders Ende«, Kammeroper. »Krähenkolonie«, Hörspiel. Mitglied des PEN-Club. »Preis Junge Generation«, Stadt Berlin.
1959	»Das Los unserer Stadt«, Eine Chronik. »Der Fleck an der Wand«, Fernsehspiel. Mitglied der Deutschen Akademie für Sprache und Dichtung, Darmstadt. Immermann-Preis der Stadt Düsseldorf.
1960	»Man sollte dagegen sein«, Erzählungen. »Das Schwein, das zurückkam«, Hörspiel. »Die Gläsernen«, Hörspiel. Beginn ausführlichen Studiums jüdischer Literatur. 1. Preis im Georg-Mackensen-Erzählungswettbewerb.
1961	»Berlin – Eine Stadt wird geteilt«, Dokumentation. »Die Mauer des 13. August«, Dokumentation. Austritt aus dem PEN-Club.
1963	»Funke im Reisig«, Erzählungen
1964	»Schreibtisch unter freiem Himmel«, Polemik und Bekenntnis. »Ohne Einsatz kein Spiel«, Erzählungen, »Kassiber – Neue Gedichte«. »Eine Begegnung«, Hör-

	spiel, »7 in Mord«, Fernsehspiel. – Schwere Erkrankung (Polyneuritis): Lähmung des gesamten Nerven- und Muskelsystems.
1965	Langsame Besserung; erste Schreibübungen. November: Beendigung des Klinikaufenthaltes. Tod Eva Schnurres.
1966	»Die Erzählungen«. »Die Zwengel«, Kinderbuch. »Die Leihgabe«, Fernsehspiel. Heirat mit Jutta Marina Kamin. »Schnurre liest Schnurre«, Schallplatte.
1967	»Was ich für mein Leben gern tue«, Hand- und Fußnoten. »Spreezimmer möbliert«, 4 Hörspiele. Verleihung des deutschen Jugendbuchpreises, Würzburg.
1970	»Die Auferstehung«, Fernsehspiel. »Schnurre heiter«, Erzählungen. »Die Flucht nach Ägypten«, Fernsehspiel. »Der Spatz in der Hand«, Fabeln.
1971	»Die menschliche Pyramide«, Fernsehspiel. »Ein Fall für Herrn Schmidt«, Fernsehspiel. »Sein Schutzengel«, Fernsehspiel.
1972	»Auf Tauchstation«, Geschichten und Feuilletons. Geburt des Sohnes Nenad Philipp.
1967–1972	Zehn Kinderbücher, z. T. selbst illustriert. »Eine seltsame Reise«, Fernsehspiel.
1973	»Ich frag ja bloß«, Großstadtkinder-Dialoge.
1974	»Der wahre Noah. Neuestes aus der Sintflutforschung«, Satire. »Schnurren und Murren«, Kinderbuch.
1975	»Ich brauch Dich«, »Berührungen«, Hörspiele.
1976	»Ssäh la wieh«, »Im Schoß der Familie«, Hörspiele. »Ich brauch Dich«, Partnerdialoge. »Eine schwierige Reparatur«, Erzählung.
1977	»Karl der Gerechte«, 7-teilige Fernsehserie. »Bis dass der Tod«, »Eine Heldin«, Fernsehspiele. »Rückblick«, »Das Denkmal«, »Der Verräter«, Hörspiele.
1978	»Im Gehäuse«, »Liebe«, Hörspiele. »Die rote Nelke«, »Treue«, »Ihr Stolz, sein Glück«, »Das Denkmal«, Fernsehspiele. »Der Schattenfotograf«, Aufzeichnungen.

1979	»Der Unbekannte«, Fernsehspiel. »Der Schattenfotograf« auf Platz I der Bestenliste des SWF-Literaturmagazins und »Buch des Monats« (Januar).
1980	»Ein Unglücksfall«, Roman. »Die Umkehr«, Hörspiel. »Johnny«, 11-teilige Fernsehserie.
1981	Bundesverdienstkreuz. »Der Untermieter«, Hörspiel und Fernsehspiel.
1982	Literaturpreis der Stadt Köln.
1983	Georg-Büchner-Preis.
1984	»Gelernt ist gelernt«, Gesellenstücke.
1985	»Emil und die Direktiven«, Anmerkungen zum Kinder- und Jugendbuch.
1986	»Levin & Gutmann«, 13-teilige Fernsehserie.
1988	»Zigeunerballade«, mit Zeichnungen von Marina Schnurre.
9. Juni 1989	gestorben in Kiel
1989	posthum Kulturpreis der Stadt Kiel
1995	»Als Vater sich den Bart abnahm«, Berlin Verlag, Erzählungen aus dem Nachlass, herausgegeben von Marina Schnurre.